書下ろし

眠れる花

便り屋お葉日月抄⑧

今井絵美子

祥伝社文庫

目次

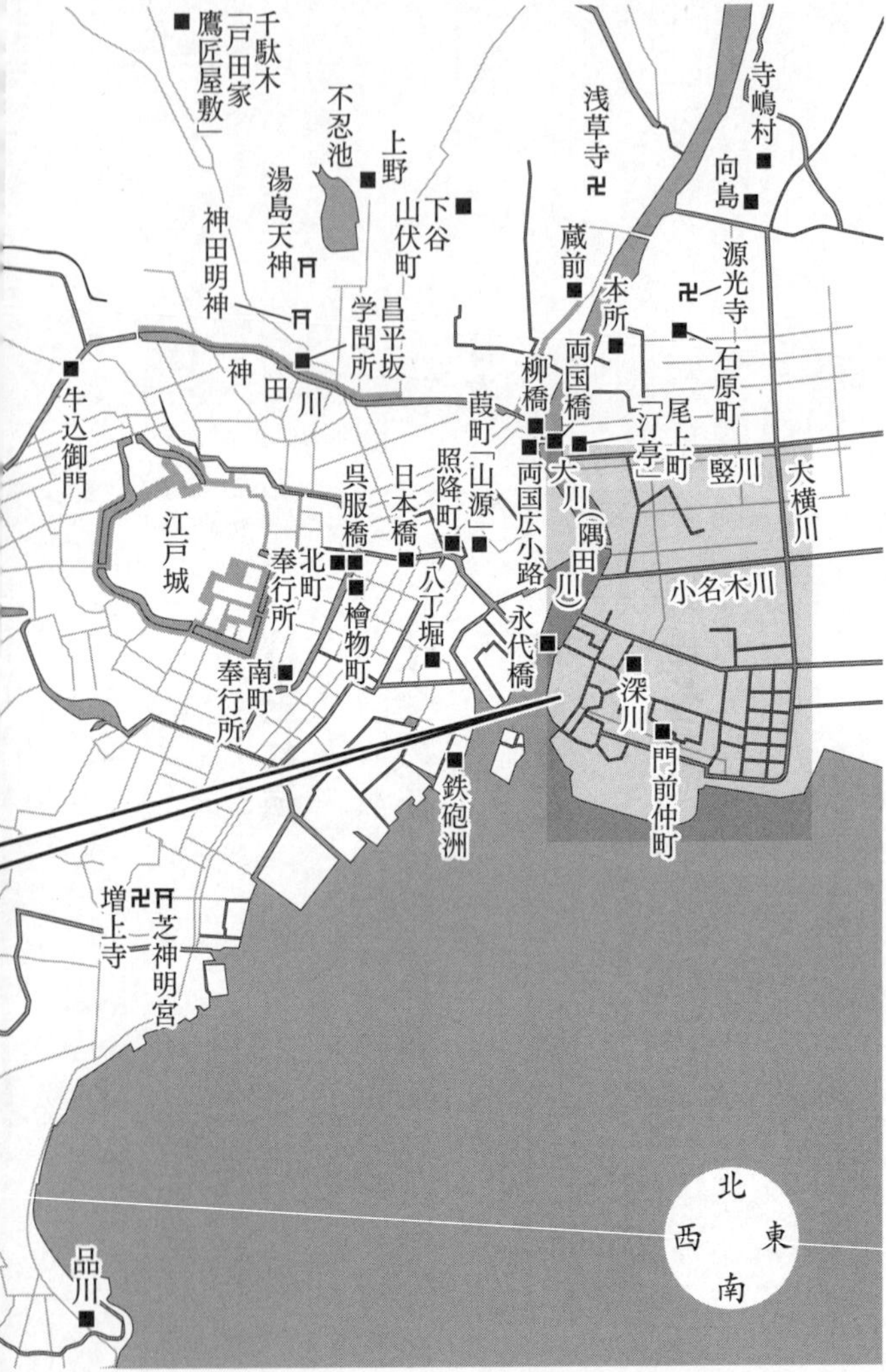
千駄木「戸田家鷹匠屋敷」
不忍池
上野
湯島天神
神田明神
下谷山伏町
昌平坂学問所
神田川
牛込御門
浅草寺
寺嶋村
向島
蔵前
源光寺
本所
石原町
柳橋
両国橋
尾上町
「汀亭」
葭町「山源」
両国広小路
照降町
日本橋
呉服橋
大川（隅田川）
竪川
大横川
小名木川
江戸城
北町奉行所
檜物町
八丁堀
永代橋
南町奉行所
深川
門前仲町
鉄砲洲
増上寺
芝神明宮
品川
北
西
東
南

「眠れる花」の舞台

雑司ヶ谷
「内田家
鷹匠屋敷」
市ヶ谷
柳町
深川
二ツ目橋
竪川
松井町
「川添道場」
六間堀
彌勒寺
御船蔵前町
要律寺
北森下町
「とん平」
北ノ橋
菊川町
南森下町
万年橋
海辺大工町
「便利堂」
高橋
小名木川
新高橋
扇橋
清住町
本誓寺
佐賀町
今川町
「七福」
山本町
「かすみ亭」
添島立軒宅
「医師・
伊勢崎町
霊巌寺
浄心寺
松永橋
材木町
大横川
油堀
海辺橋
亀久橋
永代橋
奥川町
伊沢町
富岡橋
仙台堀
福永橋
永代寺
富岡
八幡宮
冬木町
熊井町
「千草の花」
八幡橋
一の鳥居
門前仲町
門前町
「眠れる花」
黒江町
日々堂
黒船橋
蓬莱橋
入船町
「米倉」
汐見橋
蛤町

枝垂《しだ》れ梅《うめ》

おはまが梅の枝と重箱を手に茶の間に入って来る。

「女将《おかみ》さん、そろそろ出掛けられたほうがよろしいんじゃや……」

正蔵《しょうぞう》と話し込んでいたお葉《よう》が、はっと振り返る。

「おや、もうそんな時刻かえ？　まっ、なんて見事な梅だこと！　どうしたんだえ？」

おはまはよくぞ訊《き》いてくれたとばかりに、いそいそと長火鉢《ながひばち》の傍《そば》に寄って来た。

「実は、さっき靖吉《やすきち》さんが野菜を届けに来て、政女《まさじょ》さんの見舞いにと……」

「へえェ、靖吉さんがねえ……。やっぱ、気にしていたんだね。いえね、政女さんがあんなことになった翌日にあたしが寺嶋村《てらじまむら》を訪ねることになっただろう？　靖吉さんたら、こんなに大変なときに、約束どおりに女将さんが来てくれるとはと、恐縮してさァ……。政女さんのこととおまえたちのことは関係ないんだからと言っても、政女さんが悲嘆に暮れてるってェのに自分たちが縁談に浮かれていたのでは申し訳ないと言ってさ……。そんなことを言ったって、寺嶋村じゃ靖吉さんの親戚が待っているし、店衆《たなし》に不幸があったからなんて言い訳が通るわけがない……。それで、おまえさんは気にすることはないんだと納得させたんだが、あれからずっと気を兼ねていたんだろうね。へえェ、そうかえ、これが寺嶋村の梅ねえ……。いえね、あたしが靖吉さんの家を訪ねたとき、納屋《なや》の脇に梅が植わっているのを目にしてね。あのときは、まだやっと蕾《つぼみ》が膨《ふく》らみかけたばかりだったんだが、此《こ》の中《じゅう》、一気に春めいたからね！」

お葉が梅の花に顔を近づけ、目を細める。

「だが、あのとき無理してまで寺嶋村に行かれてよかったじゃありやせんか。女将さんが挨拶《あいさつ》に行ったからこそ、靖吉さんの親戚が誰一人として異《い》を唱《とな》えなかったんだもんな」

正蔵がそう言うと、おはまも仕《し》こなし顔に頷《うなず》く。

「しかも、祝言《しゅうげん》の日取りまで決めて来なさったんだもんね！　桃《もも》の節句《せっく》に祝言とは、なんて粋《いき》な計《はか》らいを……。季節もいいし、その頃には、政女さんの傷も癒《い》え、ここに戻って来ているだろうしさ！」

「そういうこった！　おさとが嫁に行けば、勝手方《かってかた》は人手が足《た》りなくなる……。そこに政女さんが戻って来れば、新たにお端女《はしため》を雇《やと》わなくて済むからよ」

「そうですよ。それに、あんなことがあったもんだから、政女さんはもう材木町《ざいもくちょう》の四郎店《しろうだな》に住めなくなりましたからね。おさとと入れ違いに政女さんが使用人部屋に入れば、これですべてが円《まる》く収まるってもんで……」

正蔵とおはまが口々に言う。

お葉はふうと肩息《かたいき》を吐《つ》いた。

「おまえたちはそう言うが、それまでに政女さんの傷が癒えればってことだからね……」

「えっ、あれからもう半月たつし、女将さんも言っていなさったじゃないですか……。添島《そえじま》さまの話では、肩の傷は順調に恢復《かいふく》しているって……」

おはまが訝《いぶか》しそうな顔をする。

「ああ、肩傷はね……。だが、心の疵《きず》ばかりはそうはいかない。あれからほぼ毎日診療所を覗《のぞ》いているんだが、政女さんが相も変わらず塞《ふさ》いでいてね……。まっ、亭主が谷崎《たにざき》って男に斬《き》り殺されるのを目《ま》の当たりにしちまったんだもの、無理もない話なんだがね。政女さん、恨《うら》みを買うべきなのは自分なのに、自分のせいで北里《きたざと》が殺されてしまった……、と嘆《なげ》いてばかりでさァ……。こうして毎日おはまが弁当を持たせてくれても、正《まさ》な話、ほとんど口をつけてくれなくってさ……。けど、それを聞いたら、さぞや、おはまが哀《かな》しむだろうと思い、それで敬吾《けいご》さんに耳打ちしておいたのさ。夕餉《ゆうげ》時になっても、まだ弁当に手がつけられていないようなら、敬吾さんが食べておくれでないか、おはまの厚意を無にするのは悪いからねって……」

「まあ、そうだったんですか！　あたしったら、女将さんが毎度空《から》になった重箱を持ち帰られるもんだから、てっきり政女さんの口に入っているものと思ってたんですよ。へえ、そうなんだ。敬吾さんの口にね……。まっ、それでもいいんですけどね。敬吾さんが悦《よろこ》んでくれたと思えば、あたしは満足ですからね」

おはまはそう言ったが、その顔には明らかに失望の色が見て取れた。

「ほら、見て下さいよ。今日だって、政女さんが悦ぶのじゃなかろうかと思い、桜《さくら》飯《めし》にしたんですからね」

おはまが重箱の蓋《ふた》を開けてみせる。

「まあ、なんて綺麗《きれい》なんだろう！　薄切りにした蛸《たこ》を桜の花弁に見立てるなんて……」

どれどれ、と正蔵も重箱を覗き込む。

「こいつァ美味《うま》そうだ！　おっ、おはま、俺たちにはねえのかよ」

「ありませんよ！　店衆全員に桜飯を振る舞うとなったら、いったいどれだけ蛸の足が要《い》ると思うかえ？　だから、今日の中食《ちゅうじき》で桜飯が食べられるのは、女将さんと清坊《せいぼう》だけ！　けど、蛸の頭と白い部分を残してるんで、戸田《とだ》さまとおまえさんには、夕餉に酒の肴《さかな》を何か見繕《みつくろ》うつもりだから勘弁《かんべん》しておくれ！」

「おっ、だったら、分葱《わけぎ》と蛸の饅《ぬた》にしてくんな！　へへっ、これで今宵《こよい》も美味《うめ》ェ酒にありつけそうだ。けど、食いたかったなァ、俺も桜飯を……」

正蔵が恨《うら》めしそうに重箱に目をやる。

お葉はくすりと肩を揺《ゆ》らした。

「莫迦《ばか》だね、正蔵は……。おはま、あたしは白飯でいいから、あたしの分を宰領《さいりょう》(大番頭格）にやっておくれ！」

「えっ、いいんでやすか？」

正蔵がでれりと目尻《めじり》を垂《た》れる。

「まったく、子供みたいなんだから！　けど、本当にいいんですか？　女将さん」

おはまが気を兼ねたように、上目《うわめ》にお葉を窺《うかが》う。

「いいってことさ！」

「へへっ、それじゃまあ、馳走《ちそう》になりやす！」

　正蔵がひょいと肩を竦《すく》める。

「だが、おはまもおはまだよ。なんで店衆全員の口に入るように蛸を仕入れておかなかったのさ！」

「それが、魚屋が蛸を一杯《ぱい》しか持っていなかったんですよ。いえね、うちは今日、鰯《いわし》を頼んでおいたんですよ。けど、鮮魚箱の隅《すみ》に蛸が一杯だけあるのに気づいたもんだから、その瞬間、ふっと政女さんに桜飯を食べさせてやりたくなりましてね……。店衆全員に振る舞うつもりなら、もっと大量に蛸を持って来いと前もって魚屋に頼んでおきましたよ」

　おはまが言い繕う。

　なるほど、それなら納得がいく。

　桜飯は蛸の足の部分だけを使う。

　それも端《はな》から米に混ぜて炊《た》くのではなく、米に塩、醬油《しょうゆ》少々を入れて炊き、別茹《べつゆ》でした蛸の足の薄切りを出汁《だし》、醬油、味醂《みりん》に漬《つ》け込み、汁を切って、炊き上がったご飯に混ぜるのである。

　こうすると、蛸の足が桜の花弁のように見える。

ところが、薄切りにした蛸が花弁のように見える部分はごくわずかしかない。ある意味、贅沢《ぜいたく》ご飯といってもよいだろう。

一杯の蛸に目を留め、政女に桜飯を食べさせたいと思ったおはまの気持……。

今日だけは、なんとしてでも政女にひと口でも食べさせたい……。

「おはま、今日は何がなんでも政女さんに食べさせてみせるよ。そうだ！　なんなら、あたしもお相伴《しょうばん》しちゃおうかな？　そうすれば、政女さんも少しは食べる気になってくれるかもしれない……」

お葉がそう言うと、正蔵がポンと膝《ひざ》を打つ。

「そいつァいいや！　女将さん、是非《ぜひ》、そうなさって下せえよ。梅の花を愛《め》でながら、女将さんと二人して桜飯をつつけば、きっと政女さんの食も進むだろうし、そうして、ひと口でも女将さんの口に桜飯が入ると思えば、あっしも気が楽になるってもんで……」

おはまが呆《あき》れ返ったように正蔵を見る。

「気が楽になるが聞いて呆れるよ！　はン、女将さんの喉締《のどし》めをしておいてさ……。けど、それはよい考えかもしれませんね。女将さんが傍についていて、一緒に食べようと勧《すす》めれば、政女さんも口をつけないわけにはいかなくなる……。それに、折良《おりよ》く、靖吉さんが梅の花を届けてくれたんだもんね。梅は春告草《はるつげぐさ》ともいうし春の訪れを告げる花を愛でれば、くさくさした気分も吹っ飛ぶってもんだ！」

おはまが満面に笑《え》みを浮かべ、風呂敷で重箱を包む。

「じゃ、ちょいと出掛けて来るよ。そんなわけだから、あたしの中食は仕度《したく》しないでいいからね」

お葉が前垂《まえだ》れを外しながら言うと、おはまが慌てる。

「女将さんの中食を仕度しなくてよいといっても、桜飯だけでは……。しかも、二人で分けるんですよ。じゃ、待っていて下さいな。今、お菜《さい》になりそうなものを別の器《うつわ》に詰めますんで……」

「お菜だって？　いいさ、そんなもの……。添島さまのところでも中食が出るだろうからさ。恐らく、政女さんはそれにも箸《はし》をつけていなかったんだろうが、あたしが一緒に食べると言えば、きっとそれも食べてくれるだろうからさ！」

お葉は泰然《たいぜん》としたものである。

「だったら、それだけでは足りなかったときのことを考えて、小中飯《こじゅうはん》（おやつ）に何か腹持ちのよいものを作っておきますよ」

「腹持ちのよいものとは、いってえなんでェ？」

正蔵が尻馬に乗ってくる。

「靖吉さんが牛蒡《ごぼう》を大量に持って来てくれたので、牛蒡餅《もち》でも作っておこうかと思ってさ」

牛蒡餅と聞いて、お葉の頰《ほお》がでれりと弛《ゆる》む。

以前、おはまが作ってくれた牛蒡餅に、思わずほっぺが落ちそうになったことを思い出したのである。

手間のかかる仕事だと聞いている。

茹でた牛蒡を擂鉢《すりばち》で当たり、砂糖、白玉粉《しらたまこ》、上新粉《じようしんこ》を加えて餅の形に丸めて茹で、茹で上がった牛蒡餅を更《さら》に油で揚《あ》げ、仕上《しあ》げに蜜《みつ》を絡《から》ませるのであるが、牛蒡の香りが効《き》いていて、これぞ絶品！

あまりの美味《うま》さに、お葉は一度に三個も平《たい》らげてしまったのである。

「それは愉《たの》しみだ！　牛蒡餅と聞いただけで、生唾《なまつば》が出そうになっちまったよ。じゃ、中食はほどほどにしておいて、お腹に牛蒡餅が入るだけの余裕を空《あ》けておかなくっちゃね！」

お葉が燥《はしや》いだように言うと、おはまが目をまじくじさせる。

「女将さんたら、子供みたいに！」

眼差《まなざ》しが、そう言ったおはまの目は優《やさ》しさに充ち満ちていて、それは、母親が子供を見るそのものであった。

お葉は添島立軒《りっけん》の診療所の玄関を潜《くぐ》ると、診察室の扉をほんの少しだけ開け、お邪魔するよ、と声をかけた。

「あっ、日々堂《にちにちどう》の女将さん！」

声を聞きつけ、敬吾が扉の傍まで寄って来る。

石鍋重兵衛《いしなべじゅうべえ》の息子の敬吾が立軒の許《もと》で見習を始めて、はや半年が経《た》つ。

これまで敬吾は昌平坂《しょうへいざか》学問所の予備塾といわれる明成塾《めいせいじゅく》に通っていたが、重兵衛の稼ぎだけでは月並銭《つきなみせん》（月謝）を捻出するのが困難になり、医術の道に進むことになったのである。

それには、腕の立つ医師の下《もと》につき、見よう見まねで修業していくのが一番……。

それで、長崎帰りで西洋医術にも詳しい添島立軒につくことになったのである。

重兵衛は三代前からの浪人で、手習指南をしながら、いずれ一人息子の敬吾に仕官の口をと思っていたので思い屈《くっ》した。

が、父上にこれ以上の負担はかけられない、労咳《ろうがい》で日々衰弱して果《は》てていった伯母《おば》を目《ま》の当たりにして、自分の進むべき道を見つけた、という敬吾の言葉に、重兵衛は獅子が千仞《せんじん》の谷に子を突き落とす想《おも》いで、苦渋の決断をしたのだった。

その時、敬吾は十二歳……。

いかに敬吾が英明な子といっても十二歳で医師の見習はまだ早く、それで元服《げんぷく》するまでは下男の三千蔵《みちぞう》の下で雑用をということになり佐賀町《さがちょう》の診療所に住み込むことになったのであるが、どうやら下働きとは名目だけのようで、現在《いま》、敬吾がしていることは見習とさして違いはしなかった。

医療器具の消毒や晒《さら》し木綿《もめん》の煮沸《しゃふっ》ばかりか、代脈《だいみやく》（助手）から薬草を学び、ときには薬研《やげん》を操《あやっ》ることもあるという。

つまり、それだけ立軒が敬吾に目をかけてくれているということ……。

「政女さん、変わりないかえ？」

お葉がそう言うと、敬吾は、はい、と頷いた。

「けど、相変わらず食べていないんだろう？」

「ええ……。それでも、朝餉《あさげ》はなんとか粥《かゆ》をお椀《わん》の半分ほど……」

「どっ、どっしない、いい（感心しない）ねえ……。それじゃ衰弱していく一方だろうに……。そうだ！　敬吾さん、もうすぐ中食だろう？　それで、今日はあたしも政女さんと一緒に食べようと思ってさ！　悪いけど、取り皿を貸しておくれでないか。いや、今すぐってわけじゃないんだ。病室に中食を運んで来るときでいいんだよ」

賢《かしこ》い敬吾のことで、すぐに了解したとばかりに頷いた。

「ああ、それがいいですよ！　あっ、梅の花をお持ちになったのですね。じゃ、花瓶を病室に届けましょう」

「悪いね。そうしてくれると助かるよ」

お葉は立軒や代脈にちょいと会釈《えしゃく》すると、病室へと廻《まわ》った。

政女はお葉の姿を認めると、慌てて身体《からだ》を起こそうとした。

「ああ、起きなくていいよ！」

「いえ、でも……」

政女がゆっくりとした仕種《しぐさ》で起き上がる。

どうやら、身体を動かしても、以前のような痛みはなくなったとみえる。

「ほら、梅の花だよ！」

お葉が手にした梅の枝を掲《かか》げてみせる。

「まあ……」

政女が目を細める。

「寺嶋村の靖吉さんを憶《おぼ》えているだろう？　ほら、おさとが後添《のちぞ》いに入ることになった、あの靖吉さんだよ！　政女さんの見舞いにと、今朝、野菜と一緒に届けてくれてね……。ねっ、なんて気《き》扱《あつかい》のある男なんだろうね」

そこに、敬吾が花瓶を持って入って来る。

「あっ、済まないね」

「女将さん、わたしが活《い》けて参りましょうか？　そうすれば、女将さんは政女さんとゆっくり話すことが出来ますので……」

「そうかえ、悪いね。じゃ、敬吾さんに委《まか》せたからね」

お葉が梅の枝を敬吾に手渡す。

敬吾は花瓶と梅の枝を抱えて病室を出て行った。

「政女さん、今日の弁当は桜飯なんだよ。敬吾さんから聞いたんだけど、おまえさん、ちっとも食べていないというじゃないか……。駄目だよ！　そんなんじゃ、治《なお》るものも治りはしない。それでさ、今日はあたしもここでお相伴しようと思ってさ！　ほら、ごらんよ、これが桜飯……」

お葉が重箱の蓋を開いてみせる。

「ねっ、綺麗だろう？　まるで、桜の花弁が散ってるみたいじゃないか！」

政女が目をまじくじさせる。

「これは蛸ですのね？　まあ、なんて見事な……」

「初めてかえ？　桜飯……」

「ええ。蛸飯というのは一度頂《いただ》いたことがありますが、あれは確かご飯に醬油の色がついていたような……」

「それは米に蛸のブツ切りや調味料を混ぜて炊き込むからさ。これはね、桜の花弁に見せるためにひと手間かけてるんだよ……。おはまが政女さんになにがなんでも精をつけてもらわなくっちゃと心を込めて作ってくれたんだもの、これだけは食べてもらわなくっちゃね……。それで、あたしもここでお相伴させてもらうことにしたのさ」

「気を遣《つか》わせてしまい、申し訳ありません……」

政女が頭を下げる。

「天骨《てんこち》もない！　おまえさんは日々堂の仲間。店衆は家族も同然と思ってるんだから、気を遣って当然じゃないか！　あっ、来た、来た……。敬吾さん、政女さんの枕許《まくらもと》に花瓶を置いておくれ」

敬吾が枕許に花瓶を置く。

「今、厨《くりや》を覗いたら中食が出来たばかりのところだったんで、お常《つね》さんに小皿と箸を別につけるように言っておきましたから……」

さすがは敬吾、お葉は箸のことにまで気が廻らなかったというのに、この気の利《き》かせようはどうだろう……。

「ああ、有難《ありがと》う。敬吾さん、今日はおまえの口に弁当が入らなくてごめんよ！」

敬吾は戸惑《とまど》い、照れ笑いをしてみせた。

政女が申し訳なさそうに、済みません、せっかくおはまさんが作って下さっていたのに……、と鼠鳴《ねずみな》きするように呟《つぶや》く。

「なに、おはまは政女さんの代わりに敬吾さんの口に入ったと聞き、満足していたから気にすることはないんだよ。だが、それは昨日までのこと！　今日を契機《けいき》に、おまえさんも変わらなきゃ……。いつまでも後ろを振り返ってちゃならないんだ！　おまえさんは生きてるんだから、前を向いて歩いて行かなきゃね」

「はい……」

お端女のお常が膳《ぜん》を運んで来る。

「敬吾さんから聞いたんですけど、今日は女将さんもここで一緒に中食をお上がりになるとか……。それがようございますよ。女将さんが一緒なら、政女さんも食が進むでしょうからね」

お常はそう言い、重箱の桜飯を目にして、まあ、これは……、と息を呑《の》んだ。

「いつもおはまさんの弁当には感激していましたが、今日のこれはなんていう……。まっ、驚いた！　蛸じゃありませんか……」

「桜飯っていうんだよ」

「桜飯……。ああ、そっか、蛸の足を桜の花弁に見立ててるんですね？」

「なんなら、お常さんもひと口味見をしてみるかえ？」

「滅相《めっそう》もない！　そんなことをしたら、口が腫《は》れ上がっちまいますよ。でもまっ、桜飯なんてものが拝《おが》めただけで寿命が延びたような気がしますよ。じゃ、ごゆっくり召し上がって下さいませ」

お常と敬吾が病室を出て行く。

お葉が小皿に桜飯を取り分ける。

「じゃ、食べようか？」

膳の上には、白飯に蜆《しじみ》の味噌汁、大豆《だいず》と鹿尾菜《ひじき》の煮物、鯵《あじ》の味醂干焼、お香々《こうこ》……。

診療所の賄《まかな》いなんて、概《おおむ》ねこんなものだろう。

「さっ、お上がりよ！」

お葉が促《うなが》すと、政女は桜飯を口に運んだ。

「どうだえ、ねっ、美味いかえ？」

お葉がせっつくように訊《たず》ねると、政女は、うんうん、と頷いた。

「美味《おい》しい……。本当に美味しいです」

政女の目に涙が盛り上がる。

「莫迦だね。こんなことで泣いてどうすんのさ！」

お葉も桜飯を口に運ぶ。

そして、思わず相好《そうごう》を崩《くず》した。

口に入れたときの蛸の舌触りに、出汁の効いたご飯の香り……、それは掛け値なしに美味かった。

政女の頬を涙が伝う。

お葉の胸も熱いもので覆《おお》われた。

「駄目だよ！　そんなに泣いちゃ、せっかくの桜飯がしょっぱくなっちまう……」

そう言った途端《とたん》、お葉の頬にも弾《はじ》けたように涙が伝った。

政女はお葉と共に食べる桜飯の美味さのせいか、食べなければ申し訳ないと思ったからなのか、思いの外《ほか》、食べてくれた。

お葉と二人で重箱を空にし、賄いの膳も白飯に手がつけられなかっただけで、お菜はほぼ平らげてしまったのである。

お葉は食後の茶を注《つ》ぎながら、片目を瞑《つむ》ってみせた。

「ほらね、二人で食べると美味いだろ？　とにかく、食べなきゃ駄目だ！　あたしが毎日付き合ってやってもいいんだが、見世《みせ》があると、そうもいかなくてさ。けど、今日はいいんだよ。皆に断りを入れてきたし、取り立てて急ぎの用がないんでね……。それに、今日これだけ食べられたってことは、明日からも食べられるってこと！　要は気持の問題でね。いつまでもくしくしくしくしていても仕方がない。亭主を亡くして哀しむのは解《わか》るが、哀しんだところで亡くなった者は二度と戻っちゃ来ない……。あたしがこんなことを言うのは、あたしも亭主に先立たれた女《おな》ごだからなのさ。しかも、恋《こ》い焦《こ》がれた男とやっと所帯が持ててわずか半年後のことだったからね……。それも永《なが》いこと病で臥《ふ》していたというわけではなく、常から丈夫すぎるほど丈夫だと豪語していた亭主が、そう、あれは八朔《はっさく》（八月一日）の日だったよ……。機嫌《きげん》よく見世を出て行った亭主が、心《しん》の臓《ぞう》の発作《ほっさ》で呆気《あっけ》なくこの世を去っちまうとはさァ……。あたしの衝撃がどんなに大きかったか解るかえ？　亭主の屍《しかばね》を前にしても、まだ本当に死んだと信じ切れずに、涙さえ出なかった……。だから、ああ、もう二度とあの男《ひと》は戻って来ない、と身に沁《し》みて感じたのは野辺《のべ》送《おく》りを終えてからでね……。亭主が恋しくて恋しくて、あの男《ひと》のいないこの世にはなんら未練がないと思い、いっそあとを追おうかとも思ったよ。けど、それを引き留《と》めたのが、亭主に便り屋日々堂と清太郎《せいたろう》を託《たく》されたという想いでね……。ああ、あたしは一人じゃないんだ、店衆のためにも清太郎のためにも気を張って生きていかなきゃならないんだ、と思えてきたのさ……。だったら、くしくしなんてしていられない！　毅然《きぜん》と顎《あご》を上げて生きていこう、そのために、あたしは生かされているんだからって……」

　お葉はそこで言葉を切ると、政女を瞠《みつ》めた。

「政女さんの場合はまた少し違うかもしれないね。だが、これだけは言っておく……。おまえさんは決して一人じゃないんだからね。こんなことになるほんの少し前、おまえさんは日々堂の仲間になった……。それが何を意味すると思う？　おまえさんの亭主は永いこと病に臥してきて、しかも、余命幾《いく》ばくもない状態だった……。あんなことがなくても、別れの秋《とき》が迫っていたんだよ。そんなとき、おまえさんがあたしたちに巡《めぐ》り逢《あ》い、日々堂の仲間に加わることになったのも、何かの縁……。きっと、見えない糸で手繰《たぐ》り寄せられたに違いない。それは、何があろうと生きろ、と神仏から言われたのも同然……。あたしたちは決しておまえさんのことを見放さないし、おまえさんもあたしたちのために生きなきゃならないってことなのさ！　冷たいようだが、北里さんのことは吹っ切るんだ！　きっと、北里さんもおまえさんが毅然と生きていく姿を見れば、草葉《くさば》の陰《かげ》から喝采《かっさい》を送ってくれるだろうからさ！」

「北里が喝采を……。ああ、そうかもしれません。あの男《ひと》はわたくしを護《まも》ることだけに努《つと》めてきたような男《ひと》ですものね。それが病に倒れてからは、おまえにばかり働かせて済まない、と言い続けてきましてね。あのときも……、ああ……」

政女が悲痛の声を上げ、両手で顔を覆う。

お葉は政女の肩にそっと手を置いた。

「辛《つら》いだろうが、言葉にして胸の内を吐き出しておしまい。すっきりとするし、案外、自分が何をすべきなのか見えてくるってこともあるからさ……」

「谷崎が四郎店に現れたとき、北里はまるで討《う》たれるのを待っていたかのように、病の床《とこ》から這《は》い出て自ら刃《やいば》に向かって歩み寄りましてね……。無腰の北里は一刀両断に……。わたくしも肩を斬られましたが、谷崎はわたくしを殺《あや》める気はなかったようで、思わずわたくしまで斬ってしまったことに戦《おのの》いたのか、一心不乱に逃げていきました……。今思えば、谷崎は女仇《めがたき》討《う》ちなどもうどうでもよく、自分の脚《あし》を不自由にさせた北里がただただ憎かったのだろうと……。そして北里も北里で辛かった……。わたくしを護るつもりで旦那さまの許から連れ出したのに、病に罹《かか》ったばかりに、逆にわたくしに護られることになり、それが辛くて耐《た》えられなかったのではないかと思います。わたくしね、現在《いま》でも谷崎の顔を見たときの北里のほっと安堵《あんど》した表情が頭から離れませんの……。北里をそこまで追い詰めたのは、このわたくしです。わたくしさえ、何があろうと旦那さまの許で辛抱していれば、こんなことにはならなかったのですもの……」

政女が肩を顫《ふる》わせる。

「そうかもしれない。だが、北里さんが義俠《ぎきょう》心に駆られて旦那の許からおまえさんを救い出し、その後、二人が鰯煮《いわしに》た鍋《なべ》（離れがたい関係）となったのも、北里さんが病に倒れたのも、何もかもが二人の宿命《さだめ》……。なるべくしてなったとしか思えないからね。その意味から言えば、北里さんは谷崎に討たれて本望だったのではなかろうか……。やっと永き病から解放され、これでもう、愛《いと》しいおまえさんに苦労をさせなくて済むんだからね」

「そうなんです。北里はそう思っていたのですよ……。だからこそ、わたくしは尚《なお》辛い……」

「ああ、解ってるよ。だが、辛いからといって、いつまでもくしくしくしてたのじゃ、北里さんは浮かばれやしない！　北里さんを安堵させるためにも、おまえさんが気丈に生きていかなきゃならないんだからさ」

「…………」

政女は辛そうに眉根《まゆね》を寄せた。

政女が望月要三郎《もちづきようざぶろう》に連れられ、日々堂にやって来たのは、師走《しわす》のことだった。

便り屋のほか口入屋《くちいれや》を営《いとな》む日々堂に、一膳飯屋か小料理屋の下働きの仕事を斡旋《あっせん》してほしいと言ってきたのである。

聞けば、政女は望月が以前住んでいた材木町の四郎店に住んでいて、病の亭主を抱え針仕事をしながら立行《たちいき》してきたが、いよいよ薬料《やくりょう》（治療費）にも事欠くようになり、日中は下働きの仕事をしたいのだという。

が、師走でどこも猫の手も借りたいほどの忙しさといっても、浪人とはいえ、武家の女ごが働けるような見世がすぐのすぐには見つかりはしない。

それで、師走は便り屋が一年を通して最も怱忙《そうぼう》を極《きわ》めるときとあり、正蔵が見合う仕事が見つかるまで仕分け作業を手伝わないかと言ってみたところ、初日から、政女はまるで十年も勤《いそ》しんできたかのように、次々と仕事を熟《こな》していったのである。

その仕事ぶりには正蔵ばかりか友造《ともぞう》までが目を瞠《みは》り、政女は日々堂になくてはならない存在となった。

そうして、年が明け、政女には引き続き日々堂で働いてもらうことになった矢先、政女の亭主北里辰之助《たつのすけ》が谷崎総二郎《そうじろう》に斬殺され、政女も肩を斬られるという青天《せいてん》の霹靂《へきれき》のような事件が起きてしまったのである。

何ゆえ、そんなことが……。

戸田龍之介《りゅうのすけ》と友七《ともしち》親分は、唯一《ゆいいつ》政女たちの来《こ》し方《かた》を知る望月を訪ねた。

現在は今川町《いまがわちょう》の質屋七福《しちふく》の帳付《ちょうづけ》をしている望月は、以前住んでいた本所石原町《ほんじょいしわらちょう》の裏店《うらだな》で二人に出逢ったと言い、北里から聞いた話をしてくれた。

それによると、北里と政女は正式の夫婦《めおと》ではないという。

「政女どのは澤村頼母《さわむらたのも》どのの妻女で、北里は澤村家の若党だった……。澤村家は古河《こが》藩の馬廻り組組頭の家格なのだが、当主の頼母というのが酒癖の悪い男で、酔うと妻女に狼藉《ろうぜき》を働き、それはもう、手のつけられない状態だったとか……。それで、見かねた北里が政女どのに澤村の家を出ることを勧めたというが、実家《さと》に戻ったのではすぐに連れ戻されてしまう……。それで、北里が江戸の知人を頼って連れて逃げようとしたところ、古河をなんとか潜り抜けたところで、澤村の追っ手と一戦交《まじ》えることになったそうでな……。片脚を引《ひ》き摺《ず》っていたというのは、そのときの追っ手の一人、谷崎総二郎だと……。谷崎は北里に脚の付け根を斬られて二人を取り逃がしてしまい、以来、取り逃がしたことに激怒した澤村頼母は谷崎を扶持離《ふちはな》されにしたようで……」

望月は懐手《ふところで》にした腕を解くと、太息《ふといき》を吐いた。

「俺が北里と政女どのに出逢ったのは、二人が江戸の知人から見放され、本所石原町の裏店に転がり込んで来たときだ。一時期、俺もそこに住んでいたことがあってよ。同じ浪人ということで、俺たちはすぐに昵懇《じっこん》の間柄《あいだがら》となった……。それで、あの二人が江戸に来た経緯《いきさつ》を知ったのだが、澤村家では政女どのを病死として藩に届け出たそうだ……。おそらく、古河には二度と戻って来ないと見て、そのまま女仇として深追いするより、亡くなったことにしたほうがよいと判断したのだろうて……。つまり、澤村家とは縁が切れたということ……。北里と政女どのは江戸に出てからは夫婦《めおと》として暮らすようになり、北里は傘張《かさは》りや楊枝《ようじ》作り、政女どのが針仕事をして立行してきたそうでよ。あの頃は、北里もまだ胸を病《や》んではいなかった……。あの二人と深く関わったのは三年ほどで、俺が深川《ふかがわ》材木町の裏店に移ってからは、付き合いが途絶《とだ》えてな。ところが、一昨年《おとどし》の十月、そう、俺が戸田さんに七福を紹介された頃のことだが、たまたま二《ふた》ツ目橋《めばし》で政女どのに再会してよ……。そのとき、北里が胸を病み、石原町の裏店の大家から店立《たなだ》てを迫られていると聞いたのよ。それで、俺が四郎店の大家に掛け合ってみることにした……。むろん、北里が胸を病んでいることは伏せてのことだ……。とにかく住まわせてしまえば、あの大家のことだ、石原町のように胴欲《どうよく》（非道）なことはしないだろうと思ってよ……」

望月のその話を聞き、龍之介も友七も次第に北里を斬ったのは谷崎に違いないと思うようになってきた。

澤村家から見れば、政女はすでに死人《しびと》……。

谷崎の他に、北里が恨みを買う人物はいないだろう。

龍之介たちが駆けつけたとき意識を失っていた政女は、添島の診療所で意識を取り戻すと、すぐに、谷崎の仕業《しわざ》だと認めた。

が、政女は、これで良かったのです、わたくしたちは斬られても仕方のないことをしたのですから……、というばかりで、以来、何を訊いても答えようとしなくなったのである。

それればかりか、ろくに食べ物を受けつけようともしない。

政女はずっと自分を責め続けていたのである。

お葉にも、政女が心に負った疵が痛いほどに解る。

だが、このままでよいはずがない。

それで、お葉はそろそろ荒療治をと思っていたのである。

「酷《ひど》い言い方かもしれないが、はっきり言わせてもらうよ。さっき、あたしはおまえさんは日々堂の仲間だと言ったよね？　そう、一人で生きてるんじゃないんだ！　皆で支え合って生きてるんだからね。あたしたちはおまえさんに困ったことがあれば、いつだって手を差し伸《す》べるし、身体を張ってでも護ろうとする……。だから、おまえさんにも日々堂を助けてもらいたいんだよ。おまえさんも知っての通り、靖吉さんとおさとの祝言が正式に決まってね。雛《ひな》の節句に嫁《とつ》いでいくことになった……。こんなにめでたいことはないんだが、そうなれば勝手方に人手が足りなくなる……。だから、なんとしてでも、政女さんに一日も早く復帰してもらいたいんだよ。住まいもね、あんなことがあった四郎店にはもう住めないだろうから、うちの使用人部屋に入ってもらおうと思ってるんだよ……。ああ、四郎店のほうは案じることはない。部屋の損料《そんりよう》は日々堂で払っておいたし、大家や店子《たなこ》に迷惑をかけて済まなかったと頭を下げて廻っておいたからさ……」

「そんなことまでして下さったのですか……。なんとお詫《わ》びを言えばよいのか……」

政女が心苦しそうに頭を下げる。

「なに、気にすることはない。店衆の責めを負うのはあたしの役目……。おまえさんだからというのではなく、これが店衆の誰であれ、あたしは責めを負うつもりでいるんだからさ！　じゃ、いいね？　おさとの祝言までにまだ一月《ひとつき》ある。立軒さまに聞いたんだが、肩の傷はそれまでにはすっかり癒《い》えているそうだ。腱《けん》を傷つけていなかったのが幸いして、後々障《さわ》りが出るようなこともないらしい……。だからさ、あとは体力をつけるのみ！　しっかり食べるんだよ。身体に力がつけば、そのうちじっとしているのが嫌《いや》になるだろうからさ……。外の空気を吸うなり、散歩をしてみることだ。どうだえ？　出来るかえ？」

お葉が政女に目を据《す》える。

「はい……。有難うございます。女将さんが気を遣って下さっていることがよく解りました。約束します。体力を取り戻し、一月《ひとつき》後には必ずや皆さんのお仲間に加えてもらえるようにいたします」

　政女がふっと頬を弛めた。

「なんだえ、いい笑顔が出るじゃないか！　じゃ、あたしはそろそろ見世に戻らなきゃ……。これからも弁当を届けに来るから、明日はもっとよい笑顔を見せておくれ！」

　お葉はやれと胸を撫《な》で下ろし、病室を後にした。

　すると、診察室の前に佇《たたず》む敬吾を目に捉《とら》えた。

　敬吾はお葉と目が合うと、やったね、とばかりに胸の前で拳《こぶし》を突き上げてみせた。

　やはり、敬吾も気に掛けていたようである。

　お葉は指で輪を作ると、満面に笑みを浮かべた。


　日々堂に戻ると、茶の間で友七が待ち構えていた。

「どうでェ、政女さんの容態《ようでえ》は……。今日はおめえも一緒に病室で中食を食ったんだってな？」

友七の相手をしていたおはまも、身を乗り出す。

「どうでした？　政女さん、少しは食べてくれましたか？」

「ああ、桜飯に目を細めてね。あたしと二人して重箱を空にしちまったからね。そればかりじゃないよ！　診療所の賄いもほぼ平らげたからね」

「まあ……、やっぱり女将さんが一緒だと、こうも違うものなんですね！」

おはまが驚いたように言う。

「じゃ、毎日、一緒に食ってやるんだな」

「親分、てんごう言うのも大概《たいがい》にしておくれ！　あたしはそんなに暇《ひま》じゃないんでね。弁当を届けるだけなら半刻《はんとき》（約一時間）もあれば済むが、一緒に中食を摂《と》るとなったら、一刻《いっとき》（約二時間）は取られるんだ。日々堂の女将が毎日そんな悠長なことをしていられないからさ」

「そりゃそうだ！　現に、俺《おり》ャ、おめえが戻って来るまで四半刻《しはんとき》（約三十分）は待たされたもんな」

「えっ、用があってきたのかえ？」

お葉の言葉に、友七がムッとした顔をする。

「おお、言ってくれるじゃねえか！　それじゃ、まるで俺も用もねえのに、ここに顔を出してるみてェじゃねえか……。そりゃよ、たまには用もねえのに突然おめえの顔が見たくなったり、喉がからついたら茶を飲みたくなることもあるぜ。だが、大概《てえげえ》は用があるから顔を出してるんじゃねえか！」

「そりゃ済まなかったね。それで、用とは？」

「おっ、そのことなんだが、北里を殺めた谷崎総二郎の行方《ゆくえ》を突き止めたぜ」

えっと、お葉とおはまは顔を見合わせた。

「捕まえたのかえ！」

いやっと友七は首を振った。

「檜物町《ひものちょう》の親分から知らせが入ったんだが、今朝、呉服橋《ごふくばし》の橋脚《きょうきゃく》に男の土左衛門《どざえもん》が絡まっていたそうでよ……。引き上げてみたところ、男の片脚の付け根にかなり古い刀傷があり、検分《けんぶん》した医者が言うには、この脚ではまともに歩くことは出来なかっただろうと……。だが、男の身許は判《わか》らねえ……。唯一の手掛かりは、男が腰にぶら下げていた印籠《いんろう》に谷崎と刻印が入っていたことだ。惣次《そうじ》親分はピンと来たというのよ……。片脚が不自由で、谷崎の刻印の入った印籠……。こいつは蛤町《はまぐりちょう》の親分が捜《さが》していた谷崎総二郎ではなかろうかとな。だが、谷崎の顔を知っている者は誰一人いねえ……。それで、親分が政女さんに確認してもらえねえだろうかと言ってきたのよ」

「親分、莫迦なことを！　政女さんはまだ完全に癒えたわけじゃないんだよ。そりゃ、肩の傷はかなり恢復し、檜物町まで行けないことはない。けど、心の疵はまだ少しも癒えていないというのに、そんな状態で谷崎に逢わせられるわけがないじゃないか！　それに、政女さんは谷崎に斬られたことを恨んじゃいないんだ。あの女《ひと》なりに、そうされても仕方がなかったと納得しているんだからね。決して谷崎を捜さないでくれとも言ってたよ……。それなのに、現在《いま》、谷崎までが生命《いのち》を落としたことを知れば、せっかく前向きに生きようという気になったばかりというのに、またもや、自分を追い込むことになるじゃないか！　あたしゃ、賛成できないね」

お葉が甲張《かんば》ったように鳴《な》り立てる。

その声があまりにも大きかったのか、正蔵が驚いたように茶の間に入って来た。

「女将さん、いってえ、どうしたというんでやす？」

「正蔵、よいところに来ておくれだ。いえね、親分が政女さんに溺死体《できしたい》が谷崎かどうか確認してもらいたいというんだよ」

「溺死体？　ほう、そりゃ穏《おだ》やかじゃねえが、溺死体が谷崎かどうかって……。ええエ、じゃ、谷崎が死んだと……」

正蔵が慌てて友七に目を据える。

「ああ、そうなんだがよ。実は……」

友七が正蔵にもう一度話して聞かせる。

「じゃ、谷崎は誰かに殺められたと?」

「いや、入水《じゆすい》だ。脚の付け根の古傷以外は損傷が認められねえし、病の形跡もねえ……。となると、自《みずか》ら入水したとしか考えられねえからよ。思うに、その男が谷崎だとしたら、永年《ながねん》の恨みが晴らせ、そこでぷつりと張り詰めた緊張の糸が切れちまったのじゃねえかと……。もしかすると、政女さんまで手にかけたことを悔《く》いていたのかもしれねえし、本懐《ほんかい》を遂《と》げたばかりに、これからの生きる目標を見失ったのかもしれねえ……」

友七が蕗味噌《ふきみそ》を嘗《な》めたような顔をする。

「なるほど……。親分、政女さんに確認させるまでもねえ。その男は間違《まちげ》ェなく谷崎でやすぜ……。それに、俺も女将さんの意見に賛成だ。政女さんはそっとしておくこった。谷崎らしき土左衛門が上がったってことも殊更《ことさら》だって言うことはねえ……」

正蔵がそう言うと、お葉は安堵したように肩息を吐いた。

「ほら、ごらんよ。宰領もそう思うんだ！　ねっ、おはま、おまえもそう思うだろう?」

おはまが頷く。

「ええ、あたしも政女さんにこのことを知らせることはないと思います。親分はお上《かみ》の御用を務《つと》める立場から北里さんを殺めた男を放っておくわけにはいかないと思ったんだろうが、それらしき男が死んだのだから、これで一件落着……。これ以上深追いすると、ますます疵つく者がいるってことを忘れないで下さいね」

三人にそこまで言われたのでは、友七は形なしである。

友七は憮然《ぶぜん》とした顔をして、ああ、解ったぜ！　と呟いた。

「檜物町の親分には、俺から上手《うめ》ェこと説明しておくよ。斬られたのは政女さんが先で、いきなり背後から斬りつけられたもんだから、政女さんは賊《ぞく》の顔を見ていねえとでも言っておこう……」

「済まないね。やっと前向きに生きようって気になりかけたところで、あたしはこれ以上あの女《ひと》の気持を掻《か》き乱してやりたくなくてさ……」

お葉が手を合わせる。

「ああ、おめえの気持は解ってる」

すると、おはまがポンと手を打った。

「そうだ！　親分、牛蒡餅を食べませんこと？」

「牛蒡餅？」

「おや、もう出来てるのかえ？　それはなんでも親分に馳走しなくっちゃね……。親分、驚かないでおくれよ。これが、目ん玉が飛び出るほど美味いんだからさ！　おはま、早く持って来ておくれ」

お葉が興奮したように言う。

どうやら、友七に馳走をするというより、自分が食べたいようである。

おはまが、あいよ！　と威勢のよい声を返し、厨に入って行く。

「おめえ、政女さんと弁当を食ってきたばかりなんだろ？　それなのに、まだ食おうっていうのかよ！」

友七が呆れたように言う。

「牛蒡餅は別腹でね。腹中満々《ふくちゅうまんまん》でも、これが入っちまう。まっ、親分も騙《だま》されたと思って食ってみるといいよ。病みつきになること間違いなし！」

「そいつァ愉しみだ。で、政女さんはいつ仕事に復帰できそうなのかよ」

「それがさア……。やっと今日まともに食べてくれたけど、顔も身体も一廻りも小さくなっていてね……。まっ、あんなことがあったのだから無理もないんだが、そうかといって、後ろを振り返ってばかりじゃしょうがないだろ？　それで、可哀相《かわいそう》だと思ったんだが、今日は少々きついことを言ってきたんだよ……。おまえは一人で生きてるんじゃない、皆に支えられて生きてるんだ、あたしたちはこれからもおまえに何かあれば必ずや手を差し伸べるが、おまえにもあたしたちを支えてほしいって……。元々、政女さんは一を聞いて十を知るような女ごだからね。おさとを嫁に出せば勝手方が手薄になるってことをすぐに察し、これからは前向きに生きると約束してくれてね」

「そうけえ、そいつァ良かった！　けど、おさとの祝言は雛の節句だろ？　てこたァ、一月後《ひとつき》か……。それまでに体力が恢復すればいいがよ」

「なに、何がなんでも恢復してもらうさ。政女さんも一人で思い詰めているより、日々堂に戻って忙しく働くほうがどれだけ身のためになるか……。それはあたしが通って来た道……。だから、解るんだよ」

お葉の面差《おもざ》しを見て、友七がしみじみとしたように言う。

「そうだったよな。おめえ、甚《じん》さんに死なれたとき、哀しみに浸《ひた》っている間もなかったもんな……。当時六歳だった清太郎と四十名近《ちけ》ェ店衆を、おめえはその細い肩に背負わなきゃならなかったんだ……。よくやったと思うぜ」

「哀しみに浸る間がなかったのは甚三郎《じんざぶろう》のときばかりじゃないよ。おっかさんに死なれたときも、喜之屋《きのや》のおかあさんに死なれたときも、心にぽっかりと空洞が出来たみたいだったからね……。だが、それが生きるということなんだよ。生きていれば必ずや愛しい人との別れの秋が来る……。けど、それでめげちゃならないんだ。自分はまだ生かされているんだからね。生かされてるってことは、この世で自分はまだ役に立つということで、だったら、前を向いて生きていく以外にはないじゃないか……」

お葉がそう言ったときである。

おはまが牛蒡餅を運んで来た。

ぷんと芳《こう》ばしい香りが茶の間に漂《ただよ》う。

「はい、お待ち！」

「あっ、来た、来た……。まっ、なんてよい香りなんだろう！」

お葉が顔を綻《ほころ》ばせる。

「ああ、政女さんにも食わせてやりたい！」

「なんと、こいつァ絶品だ！　俺ャ、初めて食ったが、おめえが言うように病みつきになりそうだぜ」

友七が牛蒡餅を美味そうに平らげ、目《め》まじする。

「だろう?　牛蒡の香りがなんとも言えなくてさ。これなら毎日食べても飽《あ》きないが、作るとなったら手間がかかるんだってさ……。なんせ、筋の多いあの牛蒡を擂鉢で擂《す》り下ろすってんだから、おはまには頭が下がるよ。有難うよ、おはま!」

お葉が茶を淹《い》れながら、おはまに目弾《めはじき》してみせる。

「はいはい、またいつでも作って差し上げますよ!　あたしは女将さんのこの顔に弱いもんだから、あんな言い方をされると、忙しいなんて言っていられなくなってさ……」

おはまが愛しい我が娘《こ》でも見るかのような目で、お葉を見る。

「こうして見てると、おめえら、実の母娘《おやこ》といってもいいほどだぜ」

友七が感心したように言う。

「そりゃ、歳《とし》からいえば母娘といってもおかしくありませんからね。ええ、あたしは女将さんが日々堂に入られてからというもの、母親のような気持でいましたよ」

おはまは満足そうに、ねっ、とお葉に目まじした。

すると、正蔵が慌てて入って来る。

「おいおい、てこたァ、俺が女将さんの父親《てておや》ってことかよ？　それにしては、いつも叱《しか》られてばかりだし、俺ャ、女将さんに頭が上がらねえからよ……」

「そりゃ、おめえに威厳《いげん》がねえってことと、肝《きも》っ玉が小せェということでよ。おはまを見なよ。何があろうと、でんと構えてるじゃねえか」

友七にひょうらかされ（からかわれ）、正蔵が潮垂《しおた》れる。

「確かに、そうかもしれねえ……。俺ャ、女将さんを見ると、いつも死んだ旦那が背後に控《ひか》えていなさるように思えてよ。とても、父親《てておや》になった気分にゃなれねえもんな……」

「ちょいと、耳にかかることを言っておくれだね！　じゃ、何かえ？　おまえさんはあたしが偉そうにしているとでも言いたいのかえ？」

おはまが気を苛《いら》ったように言う。

「違う、違うんだってば！　おめえはそれでいいのよ。いつも気を張ってなきゃならねえ女将さんを、お袋みてェな気持で見守ってやればいいんだからよ。けど、俺ャ、旦那に代わって日々堂を束《たば》ねる女将さんを守《も》り立てなきゃなんねえ……。とても、おちょうを見るような目で女将さんを見られねえってことなのよ」

お葉はふわりとした目を正蔵に送った。

「あたしを見ると、いつも旦那が背後に控えているように思えるとは、嬉《うれ》しいことを言ってくれるじゃないか！　そうなんだよ。旦那はいつもあたしの傍にいてくれる……。だからさ、あたしは正蔵の想いも、おはまが娘のように思ってくれる気持も、どちらも嬉しい！　二人とも有難うよ。おまえたちあってのあたしだからね」

正蔵とおはまが照れ臭そうに顔を見合わせる。

正蔵とおはまが言い合うのは毎度のことで、これも仲のよい夫婦の証《あか》し……。

見慣《みな》れた光景に、対岸の火事とばかりに眺《なが》めていた友七が、何やら思い出したようで、突然、おおっ、と声を上げる。

全員の目が友七に注がれた。

「今思い出したんだが、というか、そいつを話さなきゃと思って来たところに政女さんのことや牛蒡餅のことが重なり、ついころりと失念してたんだが、友造の妹の行方をあるところまでは突き止めたのよ……」

いい、きやりと、お葉の胸が揺れた。

「あるところまでとは……」

「それがよ、友造の話じゃ、七歳の時に父親《てておや》が友造と妹を置いて家を出て行ったとか……。友造は死んだ母親の姉さんの嫁ぎ先に引き取られ、妹のほうは別の親戚に引き取られていったというが、妹を引き取った親戚が誰かは知らねえと言った……。それで、当時、友造たちが住んでいたという八名川町《やながわちょう》の裏店の大家に当たってみたのよ……」

友七がそこまで話すと、正蔵が、ちょい待った！　と制す。

「友造にも聞かせてやったほうがよいでやしょう。今、呼んで参りやすんで……」

「俺が来たとき、見世に友造の姿がなかったようだが……」

「もう帰《けえ》ってると思うんで、ちょいとお待ち下せえ」

正蔵があたふたと見世に戻って行く。

「やっぱ、親分はやることが早いねえ！　もう友造の妹を見つけ出してくれたんだもんね」

お葉が正蔵の湯呑に二番茶を注《つ》ぎながら言う。

「待ってくれよ！　あるところまでは突き止めたと言っただけで、今の時点じゃそこから先は判らねえんだからよ」

友七が狼狽《うろた》える。

「えっ、そうなのかえ……」

お葉が失望の色を露《あら》わにする。

と、そこに、正蔵が友造を連れて茶の間に戻って来た。

「お呼びだそうで……」

正蔵から妹の消息が判ったと耳打ちされていたのか、友造は期待と不安の綯《な》い交《ま》ぜになった顔をしていた。

「おお、来たか……。実はよ、おめえから聞いた八名川町の裏店を訪ねて、大家から妹のお加代《かよ》が誰に貰《もら》われていったのか訊ねてみたのよ」

友七が友造に目を据える。

「お加代はいってえどこに……」

「おめえ、おとっつァんの従姉《いとこ》におらんという女ごがいるのを知ってるか?」

「いえ、知りやせん」

「まっ、知らねえだろうな……。おらんは従姉《いとこ》でも親戚でもねえんだから……。が、お加代を引き取りに来た女ごは、おめえの父親《てておや》とは従姉《いとこ》で、父親からしばらく預かってくれと頼まれたんで連れに来たと言ったそうな……。それで大家は気を許してお加代を引き渡したと言うんだが、そのとき、大家が聞いた下谷山伏町《したややまぶしちょう》の住所を訪ねてみたところ、おらんという女ごは確かに山伏町の庄平店《しょうへいだな》にいた……。ところがよ、この女ご、女衒《ぜげん》の情婦《いろ》で、お加代を五丁《ごちょう》(新吉原《しんよしわら》)の妓楼《ぎろう》に禿《かむろ》として売り飛ばしたというのよ……」

「…………」

「…………」

さっと、皆の顔から色が失《う》せた。

「なぜ、その女ごはそんなことを……」

お葉が顔を引き攣《つ》らせる。

「そうよ！　女ごがそんなことをしてよいはずがねえ。それじゃ、子攫《こさら》いじゃねえか！」

正蔵が言葉尻を顫わせる。

「ああ、俺もそう言ったさ。ところが、おらんは平然としたもので、何が子攫いだ、自分は父親《てておや》に金を渡した、つまり、父親が娘を売り飛ばしたというだけの話で、責められるようなことはしていない、とこう開き直ったのよ……。そう言われたら、俺もそれ以上何も言えなくてよ……。親が子を金に換《か》えるなんざァ決して褒《ほ》められた話じゃねえし、間に入《へえ》って小づり（手間賃）を取る女衒も許されるはずがねえ……。だがよ、理屈じゃ解っていても、なす術《すべ》がねえのも事実でよ。おらんからお加代が江戸町二丁目の富士楼《ふじろう》という傾城屋《けいせいや》に売られていったことを聞き出すのが筒一杯《つついっぱい》でよ……」

友七が苦虫《にがむし》を嚙《か》み潰《つぶ》したような顔をする。

「それで、富士楼を訪ねてみたのかえ？」

おはまが身を乗り出す。

「ああ……。お加代は胡蝶《こちよう》と名を替えて留袖新造《とめそでしんぞう》にまで上ったが、留新になって二年目に市ケ谷柳町《いちがややなぎちよう》の紙問屋に身請《みうけ》され、五丁を去っていた。ところがよ、柳町の伏見屋《ふしみや》という紙問屋が五年前に身代限《しんだいかぎ》りをしたという……。近所の者にその後の消息を訊ねたんだが、誰も知らねえというのよ。もちろん、近所の者に伏見屋の旦那には手懸《かけ》がいただろうと訊いたさ。ところがそれにも、さあ……、と首を傾《かし》げるばかり……。つまり、おてちん（お手上げ）ってことで、そこから先は五里霧中《ごりむちゆう》……。だが、伏見屋に身請されたのが胡蝶が二十一のときだというから、少なくとも、八年前《めえ》までは息災《そくさい》だったということでよ」

「八年前が二十一歳ってことは、じゃ、お加代さんは友《とも》さんと一つ違いってことかえ？」

お葉が友造を瞠める。

「ええ、年子でやした。糞《くそ》オ、親父《おやじ》の奴……」

友造が掌を握り締め、ぶるぶると身体を顫わせる。

「それで、おとっつァんのほうはどうしたのさ。行方は判らないのかえ？」

お葉が友七に訊ねると、友七は苦々しそうに唇をへの字に曲《ま》げた。

「もちろん、大家に訊ねてみたさ。ところが、大家は二人の子を残して姿を消してからは、生きているのか死んでいるのか、それすら知らねえ、と木で鼻を括《くく》ったように答えやがった……。まっ、大家がそう言うのも無理はねえ。半年も店賃《たなちん》が滞《とどこお》ってたというからよ。元は表具師《ひょうぐし》としてよい腕を持っていたというんだが、かみさんに死なれてから酒と女ごに溺《おぼ》れるようになったそうでよ……。金が入《へえ》れば遊里に入り浸り、可哀相《かえいそう》に、父親《てておや》が姿を消す前《めえ》には、二人の子にろくすっぽう飯も食わせてやっていなかったそうでよ。なっ、友造、そうなんだろう？」

友造は俯《うつむ》いたまま、ぶるるっと肩を顫わせた。

「へい。俺とお加代は近所の者に残り物を恵んでもらい生命《いのち》を繋《つな》いでやした……。ところが、親父がいよいよ家に寄りつかなくなった……。それで、大家や裏店の連中が手分けして、俺たちの身内を捜してくれやしてね。けど、兄妹を一緒に引き取ってくれる親戚がなくて……。結句《けっく》、俺はおっかさんの姉さんの嫁ぎ先に引き取られていくことになりやしてね。俺にしてみれば、お加代もてっきり親戚の誰かに貰われていったのだろうと……。それで、これまではお加代のことを捜し出そうとしなかったんでやすが、先《さい》つ頃《ころ》、なぜかしら胸騒ぎがするようになって……。お加代が息災であれば、二十九歳……。どうしているのだろうか、幸せに暮らしているだろうかと……。ことに、おちょうちゃんと所帯を持つと決まってからは、お加代が幸せにしているのを確かめるまでは、俺だけが幸せになっちゃならねえような気になって……。それで、祝言を秋まで延ばしてくれと無理を言ったのでやすが、それにしても、俺ャ、つくづく親父が憎い！　子を捨てるのはまだ許せるとしても、我が娘《こ》を売り飛ばすなんて……」

「恐らく、女ごにとち狂ってそんなことをしてしまったんだろうね……。だが、娘を売って作った金なんて、そうそう長く続くわけじゃない。とっくの昔に使い果たしているだろうし、そうなりゃ、女ごは冷たいからね。金の切れ目は縁の切れ目とばかりに、おとっつァんは身すがら叩《たた》き出されているだろうさ」

お葉が遣《や》り切《き》れなさそうに呟く。

「おまけに糟喰《かすくらい》（酒飲み）ときたんじゃ、今頃生きているかどうか……」

おはまも眉根を寄せる。

「そんな男はろくな死に方をしやしねえ！　俺ャ、大家から事情を聞いて、こりゃ、親父の行方を捜すだけ無駄だと思ってよ……。それ以上は捜そうとしなかったのよ。それでよかったんだよな？」

友七に睨《ね》めつけられ、友造が慌てて威儀《いぎ》を正す。

「手間をかけてしめえやした。申し訳ありやせん……。親父は俺の中ではとっくの昔に死んだ男……。だから、どこで野垂《のた》れ死《じ》にをしようとも驚きも哀しみもしやせん。けど、お加代のことは……。伏見屋が身代限りとなったってことは、お加代が路頭《ろとう》に迷うことになったということ……。その後、どこかに奉公に上がったとか誰かと所帯を持ったというのならいいが、再び水吐場《みずはきば》（遊里）に舞い戻り、流れの身となっているのだとしたら……。ああ、やはり、おちょうちゃんとの祝言はもう少し待って下せえ。勝手を言うようで申し訳ありやせんが、せめて、秋まで……。九月なら、まだ半年ある。どこまで突き止められるか判らねえが、俺の中で納得がいくまで捜してェと思っていやす。駄目でしょうか？」

友造が下げた頭を心持ち起こし、正蔵とおはまを上目《うわめ》に窺う。

「駄目なもんか！　端から祝言は秋まで延ばすと決めてたんだからさ。友さんが納得のいくまで捜したらいい。親分も引き続き捜してくれるだろうからさ。ねっ、親分、そうだよね？」

おはまが友七の顔を覗き込む。

友七は挙措《きよそ》を失った。

「ああ、そりゃ捜さねえわけではねえんだが、手掛かりが何ひとつねえんじゃな……。まっ、手始めに、身代限りとなった伏見屋の行方を捜してみよう。そのほうが、手当たり次第水吐場を捜し歩くより早《はえ》ェだろうからよ……」

友七が太息を吐く。

「ご苦労だが、親分、そうしてやっておくれでないかえ？　もちろん、うちでも男衆《おとこし》に声をかけておくよ。町小使《まちこづかい》（飛脚《ひきやく》）に出た際に、伏見屋に関することならなんでも聞き出してこいと……。けど、悔《くや》しいねえ！　市ヶ谷はうちの管轄《かんかつ》じゃないんだよ。そうだ！　山源《やまげん》（飛脚問屋の総元締《そうもとじめ》）に頼んでみようか？　ねっ、宰領、どう思うかえ？」

山源と聞いて、正蔵が渋い顔をする。

「女将さん、いくらなんでも、そいつア……」

「何言ってんだよ！　山源は先《せん》にも牛込富士見馬場町《うしごめふじみばばちよう》の武家屋敷にうちが文《ふみ》を届けることを許してくれたじゃないか。総元締は道理が解らない男じゃない。事情を話せば快《こころよ》く手を貸してくれるさ」

一年ほど前のことである。

石場《いしば》の切見世《きりみせ》銀仙楼《ぎんせんろう》の夕霧《ゆうぎり》が、御家人株《ごけにんかぶ》を買って槍組《やりぐみ》同心となった弟に文を届けたがっているのを知り、お葉は山源の管轄である牛込に日々堂の手で配達させてほしいと総元締に頭を下げた。

というのは、甚三郎が山源から独立して深川黒江町《くろえちょう》に便り屋を出す際に、大川《おおかわ》を挟《はさ》んで西が山源、東を日々堂にと区分けしたからである。

従って、牛込には日々堂は出入り出来ない。

が、夕霧の弟永井和彦《ながいかずひこ》はこれまで何度文を送っても梨《なし》の礫《つぶて》……。

和彦は御家人株を買うために姉の夕里《ゆうり》（夕霧）が犠牲になったのを知っていて、女郎に身を落とした姉と縁を切りたがっていたのである。

だが、当時銀仙楼の下働きをしていたお富《とみ》の話では、夕霧は労咳を患《わずら》い余命幾ばくもないという。

これが最後になるかもしれない文……。

お葉はなんとしてでも和彦に文を手渡したいと思ったのである。

山源源伍《げんご》はお葉の話を聞き、日々堂が文を届けることを了解してくれた。

お葉はそのときのことを言っているのである。

「けど、此度《こたび》はあのときと状況が違いやすからね。女将さんは山源の町小使に伏見屋の情報を集めさせようとしていなさるが、総元締が自分ちの町小使にそんな余分な仕事をさせることによい顔をするとは思えやせんからね」

「当たって砕《くだ》けろというだろう? 頼んでみなきゃ判らないじゃないか」

お葉があっけらかんとした口調で言うと、友造が慌てた。

「女将さん、そこまでして下さらなくても……。いや、いいんです。俺は出来る範囲で妹を捜せたらと思っているんでやすから……」

友造が恐縮したように言う。

すると、厨側の障子《しょうじ》の外で、くくっと啜《すす》り泣く声がした。

お葉とおはまが顔を見合わせる。

二人とも、少し前から、おちょうが障子の外で立ち聞きしているのに気づいていたのである。

おちょうも気が気でなかったのであろう。

妹を思い遣《や》る友造の気持……。

おちょうは、つい感極まってしまったようである。

その夜、夕餉の席で、龍之介は手にした茶椀を膳に戻すと、改まったようにお葉と正蔵に目を据えた。

「明日、千駄木《せんだぎ》に行って来ようと思っています。本来ならば、明日はここで代書をしなければならないのですが、明後日《あさって》に延ばしてもらうわけにはいかないでしょうか」

「千駄木のお屋敷に？　ああ、そりゃ構わないが、ねっ、正蔵、いいよね？」

「ええ、構いやせんが……。千駄木で何事かごぜえやしたんで？」

「何事かあったというわけではないのですが、実は、明日、光輝《みつき》の食《く》い初《ぞ》めを祝うそうなので……」

「まあ、この間生まれたばかりと思ったのに、もう百日の祝い……。それはおめでたい話じゃないか！　じゃ、うちからも何か祝いを届けなきゃね」

お葉が目を輝かせ、おはまを窺う。

「そうですよね。さあ、何がいいかしら？」

「誕生の祝いには活鯛《いきだい》を届けただろう？　するてェと、此度は酒？　いや、酒では芸がないよね……。やっぱ、食い初めの祝いなんだから、此度も鯛がいいんじゃなかろうかね」

「そうですよね。食い初めに鯛はつきものですからね。鯛でよろしいんじゃありませんか？」

おはまの同意を得て、お葉がハッと龍之介に目をやる。

「で、それはいつなんだえ？　いえ、明日なのは解っているが、昼なのかえ？　それとも夜……」

「中食のつもりで来いと言われていますが……」

「中食だって？　あら嫌だ……。それじゃ魚の手配が間に合わないじゃないか！　正蔵、今から男衆の誰かを魚屋まで走らせておくれ。明朝、活鯛を仕入れておくようにと伝えるんだよ。仕入れさえしてくれてたら、この前みたいに佐之助《さのすけ》に千駄木まで走らせるからさ」

「あっ、さいですね。明朝手配してたんじゃ、間に合わねえ……。じゃ、六助《ろくすけ》か与一《よいち》に行かせやしょう」

正蔵が店衆の食間へと立って行く。

「気を遣わなくてよいのですよ。千駄木の屋敷には久米《くめ》という婢《はしため》の甥《おい》が調理人として入りましたので、恐らく、百日の祝膳《いわいぜん》の仕度は調《ととの》っていると思いますので……」

龍之介が気を兼ねたように言う。

「そりゃそうかもしれないが、食い初めの膳は尾頭《おかしら》付きと決まってるから、恐らく、銘々《めいめい》の膳に一尾ずつ焼鯛が載《の》るのだろうが、それとは別に、一尺五寸（約四十五センチ）ほどの活鯛が届けば、活造りに出来るだろ？　婢の甥が腕のよい調理人なら、難なく活鯛を捌《さば》けるだろうからさ。腕がいいんだろう？　その男は……」

「ええ、腕は確かです。平清《ひらせい》の板脇《いたわき》を務めていた男で、わたしも誕生祝いに訪ねたときに頂《いただ》きましたが、それは見事な包丁捌きでした」

「じゃ、決まりだ！　戸田さまが気を兼ねることはないんだよ。一介《いっかい》の便り屋風情《ふぜい》が御鷹匠《おたかじょう》支配戸田家のご子息の祝いをさせてもらえるだけで、なんだか親戚の端《はし》くれに加えてもらえた気がして嬉しいんだからさ！」

お葉がそう言うと、おはまも、ええ、そうですよ、戸田さまは迷惑かもしれませんが、あたしたちは勝手にそう思ってるんですもの……、と相槌《あいづち》を打つ。

そこに正蔵が戻って来る。

「今、六助を魚屋まで走らせやした。魚匠《うおしょう》の大将は朝が早いんでもう休んでいるだろうが、明朝、魚河岸《うおがし》に出掛ける前に店衆《めえ》が伝えてくれると思いやす。明日の朝六ツ半（午前七時頃）に佐之助を取りにやらせると言ってやすんで、戸田さまで祝膳の仕度を始める頃には届くかと……」

「そうかえ。ああ、良かった！　佐之助の脚なら千駄木なんてわけがないもんね。それにしても、戸田さまも戸田さまだ！　明日、千駄木で百日の祝いが催されるのなら、なぜもっと早くに言って下さらないんだよ。そうしたら、こんなに慌てることはなかったのにさ……」

お葉が拗《す》ねたように龍之介を睨《にら》みつける。

「いえ、それが、わたしが知ったのも今日のことで……」

龍之介がそう言うと、正蔵が、はて……、と首を傾げる。

「今日、戸田さま宛《あて》の文が届いたっけ……」

「いえ、千駄木の下男が松井町《まついちよう》の道場まで遣いに来まして……。恐らく、下男はわたしが道場か日々堂にいると聞き、千駄木からだと両国橋《りようごくばし》を渡るほうが早いと思い、先に道場に顔を出したのだと思います」

「じゃ、下男の勘《かん》が見事に当たったっていうこと……。まっ、それなら仕方がないけどさ」

お葉が唇を窄《すぼ》めてみせる。

「申し訳ありません……」

龍之介は意を決したように、頭を下げた。

「…………」

「…………」

「…………」

お葉も正蔵も、おはままでがなんのことか解らず、とほんとする。

「嘘《うそ》を吐《つ》いてしまいました。いえ、今日、下男が川添《かわぞえ》道場を訪ねてきたというのは本当のことなのですが、実は、小正月に一度兄上から文を貰っていたのです。光輝の食い初めを節分《せつぶん》明けにすると伝えているが、二月五日にすることにしたので失念することなきようにと……。ところが、たまたま北里さんが刃傷沙汰《にんじようざた》で生命《いのち》を落とされたばかりのときで、わたしも気が動転していたのでしょうね。それで、了解したと返書を出さないまま今日まで来てしまったのですが、千駄木では常ならすぐに返書を出すわたしからなんら音沙汰《おとさた》がないので、確認の意味で下男を遣わしたのだと思います。つまり、わたしが失念していたということで、千駄木に落ち度はなかったのです。端から正直にそう言えばよかったのですが、本当に申し訳ないことをしてしまいました」

龍之介がそう言い、もう一度、深々と頭を下げる。

お葉とおはまはぷっと噴《ふ》き出した。

「なんだえ、そういうことだったのかえ」

「戸田さまって嘘の吐けないお方だよ！　黙っていれば判りはしないものを……」

「いえ、それはなりません！　男たる者、言い訳をしたり嘘を吐くのはよくありません」

龍之介の汗顔《かんがん》の至《いた》りといった表情に、清太郎が、そうだよ、正直の果報《かほう》は寝てまてって言うじゃねえか！　と鬼の首でも取ったかのような顔をする。

「おや、清坊、難しい言葉を知ってるじゃないの。誰に教わったんだえ？」

おはまが驚いた顔をする。

「戸田先生だよ」

「参ったなあ……。清太郎に一本取られちまったぜ！」

龍之介は苦笑いをした。

光輝は目鼻だちがしっかりしてきて、身体も一廻りほど大きくなったように思えた。

生まれたては父親《てておや》の忠兵衛《ちゅうべえ》と母親の芙美乃《ふみの》のどちらに似ているのかはっきりしなかったが、どうやら、戸田家の面差しのようである。しかも、思わず龍之介の胸がきやりとしたほど、弟の哲之助《てつのすけ》の幼少時に似ているではないか……。

哲之助が忠兵衛、龍之介兄弟の腹違《はらちが》いの弟ということを考えれば、してみると、哲之助は父方の血をより濃《こ》く継いだとみえる。

忠兵衛、芙美乃の第一子茂輝《しげき》がどちらかといえば母親似なので、ぱっと見には茂輝と光輝は兄弟に見えないが、子供の顔というものは成長と共に変化していくもので、哲之助が元服の頃には母夏希《なつき》の顔に似てきたように、今後、光輝も母方の面差しになるやもしれない。

一瞬、龍之介の脳裡《のうり》をさまざまな想いが駆け巡《めぐ》ったが、忠兵衛はそんな龍之介の腹を見透《みす》かしたとみえ、にたりと笑った。

「どうやら、そなたも驚いたようだな……」

「ええ、哲之助の幼い頃にあまりにも似ているように思えまして……」

「だろうな……。実は、わしも驚いていたのよ。だが、哲之助がそうだったように、いずれ光輝の顔も変わっていくだろうて……。といっても、龍之介、そなたは幼い頃から一貫して母方の顔……。幼い頃からわしはよく僻《ひが》んだものよ……。わしとそなたは双親が同じというのに、何ゆえ、そなただけが母親似で、わしが父上に似たのかと……」

「済みません……」

「謝ることはない。だが、そなたが母上に似ていたお陰で、わしはそなたの中に母上を見ることが出来た……。それでなければ、母上にあのように早く亡くなられてしまい、どんなお姿だったのか思い出すことが出来ぬからの」

忠兵衛がしみじみとしたように言う。

忠兵衛がそう言うのも無理はない。

二人の母桐生《きりゅう》は龍之介が伝い歩きを始めたばかりの頃に亡くなっているのである。

従って、龍之介は母の顔を知らない。

忠兵衛から龍之介は母上に生き写しだと言われ鏡《かがみ》や水面に我が顔を映《うつ》してみるのだが、今ひとつ、実感として摑《つか》みかねた。

龍之介の記憶の中にある母の顔は、義母夏希の顔……。

だが、何ひとつ、よき思い出が残っていなかった。

夏希にしてみれば、義理の息子よりも腹を痛めた哲之助のほうが可愛《かわい》くて不思議はない。

ましてや、夏希は母桐生が実家の黒田《くろだ》家から連れて来たお側《そば》で、桐生亡き後、父藤兵衛《とうべえ》の後添いに納まったことから考えても、哲之助とさして歳の違わない龍之介に、つい邪険《じゃけん》になってしまったのも頷ける。

だが、我が子可愛さのあまり、龍之介はすでに他の女ごと所帯を持った、と嘘を吐いてまで哲之助を内田《うちだ》家の婿《むこ》養子に入れようと画策《かくさく》したとは……。

夏希の嘘で、龍之介と相思《そうし》の仲だった内田琴乃《ことの》がどれだけ衝撃を受けたか……。

結句、その時点で何もかも歯車が狂ってしまい、その後、哲之助が非業《ひごう》の死を遂げることになり、琴乃は決して拭《ぬぐ》い去ることの出来ない心の疵を負うことになったのである。

「つがもないい（莫迦莫迦しい）！　光輝の顔を見て、古きことを思い出すとは……」

忠兵衛がそう言ったとき、芙美乃が祝膳の仕度が出来たと知らせに来た。

祝膳は客間に仕度されていた。

床の間を背に忠兵衛が光輝を抱いて坐《すわ》り、その隣に芙美乃が……。そして、三人を挟むようにして、片側に芙美乃の双親が、もう片側に龍之介と茂輝が坐った。

銘々の蝶脚膳《ちょうあしぜん》には、中央に尾頭付きの焼鯛が、そして手前に蛸の酢物、鴨肉《かもにく》と芹《せり》、木耳《きくらげ》の煮物、後方に赤飯、蛤《はまぐり》の吸物、香《こう》の物が……。

が、なんと言っても圧巻なのは、それとは別に舟盛りにされた鯛の活造りであろうか……。

畳の上に、でんと据えられているのである。

忠兵衛が挨拶《あいさつ》の口上《こうじょう》を述べ、いよいよ光輝の口に赤飯の一粒が運ばれる。

食い初めは、その子が生涯食い物に困らないように、しっかり食べて丈夫に育つように、と願いを込めて行う儀式であるが、箸初《はしぞ》めとも箸揃《はしぞろ》えともいわれる。

食い初め膳は、男の子が内、外共に朱塗《しゅぬ》り、女ごの子が内朱、外黒塗りの家紋入り膳や椀が使われ、歯固《はがた》めといって、丈夫な歯が生えるように膳に青い小石を置く。

香の物に梅干がつくのは、皺《しわ》が出来るまで長生きを、という想いを込めてのことだという。

光輝は口の中に赤飯を一粒入れてもらうと、歯の生えていない口をもごもごとさせた。皆が一斉《いっせい》に手を叩く。

「さあ、皆さま、どうぞ召し上がって下され！」

忠兵衛が促すと、乳母《うば》が忠兵衛の腕から光輝を引き取り、次の間に連れて行った。

婢の久米が舟盛りのお作りを小皿に取り分けていく。

「だが、見事な鯛ですな」

芙美乃の父親《てておや》が感激したように言う。

「本当に……。ここまでしてもらえて、光輝も幸せ者ですこと！」

芙美乃の母親である。

「なに、この鯛は弟の龍之介が現在《いま》世話になっている、深川黒江町の便り屋から祝いとして届いたものでしてな。光輝の誕生の折にも頂いたが、此度のは更に見事！　有難いことにございます」

忠兵衛がそう言うと、芙美乃が気を兼ねたように龍之介を窺う。

「いつも頂いてばかりで恐縮していますのよ。こちらからは何ひとつしていませんのに申し訳ありませんわ。本当に甘えていてよいのでしょうか」

「いいのですよ。日々堂では祝いを受けて下さり、むしろ悦んでいるほどですから……」

「ほう、便り屋とな……。そこで、おまえさんは何をしている……」

芙美乃の父親が興味津々《きょうみしんしん》に訊ねる。

龍之介はさっと忠兵衛の顔を窺った。

忠兵衛は平然とした顔をして、焼鯛の身を箸で解《ほぐ》している。

龍之介は毅然と芙美乃の父親に視線を返すと、きっぱりと言った。

「代書をしております。あの界隈《かいわい》には不文字《ふもじ》（読み書きの出来ない人）の者が多く、代わって文を書いてやらなければなりませんので……」

「確か、おまえさんは神明夢想流《しんめいむそうりゅう》の道場で師範代《しはんだい》をなさっていると聞いたが……」

「師範代ではなく、その手伝いをしているといったほうがよいのですが、道場は一日置きで、立行していくためには金を稼ぐことをしなくてはなりませんのでな」

「それは殊勝《しゅしょう》なお考えを……。だが、龍之介どののように剣の腕が立ち、おまけにそのように偉丈夫《いじょうふ》なら、婿養子の口がいくらでもかかろうものを、何ゆえまた……」

芙美乃の母親が慌てて割って入る。

「おまえさま、口が過ぎますぞ！　そのように根から葉から質《ただ》したのでは、龍之介さまがお困りでしょうに……」

「いえ、構わないのですよ。わたしは武家の身分に執着していません。市井《しせい》に生きるほうがどれだけ性《しょう》に合っているか……」

龍之介が澄まし顔で言う。

「父上、もうそのくらいで……。それより、刺身を召し上がってみて下さいませ。まあ、なんて美味しそうな鯛なのでしょう！」

芙美乃が気を利かせ、話題を替える。

「ほう、美味そうではないか……。では、頂くことにしようか」

芙美乃の父親が刺身に箸を伸ばす。

そうして、話題は茂輝へと移り、再び、光輝へと……。

宴も闌《たけなわ》となったところで、久米が甥を連れて挨拶にやって来た。

「わたくしどもの甥、鶴次《つるじ》にございます。四月《よつき》ほど前からこちらの勝手方を預からせていただいていますので、どうか今後ともよろしくお引き回し下さいませ」

「鶴次にございます。本日は光輝さまの百日の祝い、まことにおめでとうございます。いかがでございましたでしょうか？　本日の料理、満足していただけたでしょうか……」

久米と鶴次が深々と辞儀《じぎ》をする。

「ああ、美味しく頂きました。忠兵衛さんから聞いたのだが、おまえさん、深川の平清で板脇を務めていたとか……。道理で包丁が冴《さ》えていましたよ。おまえさんのような男《ひと》に戸田の勝手方に入ってもらえたとは、これでわたしも孫の顔を見に訪ねてくる愉しみが増えたというもの……」

「また、おまえさまは！　そんなに度々《たびたび》訪ねて来たのでは、こちらさまに迷惑が

「……」

芙美乃の母親が慌てて亭主を制し、気を兼ねたように忠兵衛に頭を下げる。

「なに、いいってこと！　いつでも気軽に訪ねて来て下され。鶴次も腕に縒《よ》りをかけて美味いものを作るでしょう。なっ、鶴次？」

忠兵衛に言われ、鶴次が、へい、と頭を下げる。

久米の甥とあって、なかなか爽《さわ》やかな男である。

が、龍之介は、はて……、と首を傾げた。

この男、どこかで見たような……。

そう思ったのだが、咄嗟《とっさ》には思い出せない。

深川にいたと聞いたからそう思ったのか、それとも、本当にどこかで逢ったのか……。

そうして恙《つつが》なく百日の祝膳が終わり、芙美乃の双親が家路についた後である。

忠兵衛が庭を眺めながら、ぽつりと呟いた。

「そなた、今宵は泊まっていかないか？」

「えっ……」

「少し話したいことがあるのでな」

「だが、遅くなっても今宵のうちに戻ると日々堂に言ってありますので……。それに、本来は今日であった代書の仕事を明日に延ばしてもらっているのです。手間賃を貰っている手前、あまり勝手なことは出来ませんので……」

「そうか……。では、少し庭に出てみないか？」

「ええ、それは構いませんが……」

龍之介がそう言うと、忠兵衛は先に立って庭に下りて行った。

兄上の話とは……。

なぜかしら、龍之介の胸が不安で包まれていった。


忠兵衛は庭下駄《げた》を履《は》き、泉水《せんすい》の傍まで歩いて行った。

泉水の汀《みぎわ》に、枝垂《しだ》れ梅《うめ》が今を盛りにと花を咲かせていた。

枝垂れた枝がゆるやかな風に乗り、ゆらゆらと揺れている。

「内田のことなのだが……」

忠兵衛が徐《おもむろ》に口を開き、龍之介の胸がきやりと揺れる。

哲之助が亡くなったのが、昨年の十月……。

琴乃は衝撃のあまり、以来、床に就《つ》いてしまったというが、琴乃に何事かあったのであろうか……。

「哲之助がこの世を去って、はや三月半《みつきはん》……。内田家では孫左衛門《まござえもん》どのが鷹匠支配に復帰され、当初は琴乃どのが再び婿を取るまでの繋ぎをと思っておられたようだが、此度、遠縁から養嗣子《ようしし》を迎えることになってのっ……」

えっと、龍之介が息を呑む。

「養嗣子といいますと……。婿養子という意味でなくということですか？」

「ああ、孫左衛門どのの妻女の妹の子とかで、つまり、琴乃どのとは従弟《いとこ》に当たるが、歳は十六……。昨年、元服を済ませたばかりというが、むろん、琴乃どのの婿というわけではなく、琴乃どのの義弟として……。つまり、内田家では琴乃どのに婿を取ることを諦《あきら》め、その男に内田家を継がせる気でおられるのよ」

「では、琴乃どのはどうなるのでしょうか……。新《あら》たに嫁ぎ先を見つけて嫁に出すとでもいうのですか？」

龍之介が甲張った声を出す。

忠兵衛は辛そうに首を振った。

「そのことを案じ、先日、孫左衛門どのの腹を確かめてみたのよ……。孫左衛門どのが言われるには、琴乃どのには再び婿養子を取る気はないそうでな……。孫左衛門どのも六十路《むそじ》を迎え、いつまでも鷹匠衆を束ねていくのが心許《こころもと》ない。ならば、現在《いま》のうちに養嗣子を貰い、次期鷹匠支配《たかじようし》として研鑽《けんさん》を積ませたいと思われたのだろうて……。わたしも納得した。それしか手立てがないように思えてきてな」

「それは解ります。だが、琴乃どのはどうなさるつもりなのでしょう」

忠兵衛が眉根を寄せ、枝垂れ梅へと目をやる。

「実は、孫左衛門どのも頭を抱えておられてよ。というのも、琴乃どのが仏門に入ると言い出されたそうでよ……」

「仏門に……。尼寺に入るというのですか！」

「ああ、自分はもうどなたさまにも添《そ》うつもりはない、哲之助にあのような死に方をさせてしまったのは自分なのだから、我が生命《いのち》果つるまで、哲之助の御霊《みたま》を弔《ともら》わなければならない……、とそう言われてよ。もちろん、孫左衛門どのは止めるように説得なされた。が、琴乃どのの決意が固くてよ……。涅槃会《ねはんえ》までに尼寺五山の一つ、鎌《かま》倉《くら》の東慶寺《とうけいじ》で剃髪《ていはつ》されるとか……」

「そんな……。兄上、現在《いま》は琴乃どのはまだ雑司《ぞうし》ケ谷《がや》におられるのですよね？　わたしはこれから内田の屋敷を訪ねて参ります！」

龍之介が踵《きびす》を返す。

「止《よ》しなさい！　そなたが行ってどうするというのだ。出家《しゅっけ》するのは止して、自分の嫁になれとでも言うつもりか？　そなたにそんなことが言えるとでも思っているのか！　家もなければ、まともな職もないのだぞ。そなた一人なら、市井に生きるほうが気随《きずい》でよいと言えるだろうが、琴乃どのにそんな身の有りつきをさせられるわけがない！　それに、琴乃どのがそなたの申し出を受けるはずもない……。あの女《ひと》はもう以前の琴乃どのではないのだ。これ以上、あの女《ひと》を苦しめてはならない！　そっと見守ってあげること……。それしか、そなたに出来ることはないのだ」

これ以上、あの女《ひと》を苦しめてはならない……。

忠兵衛のその言葉は、龍之介の胸をぐさりと突き刺した。

そうかもしれない……。

龍之介の胸がぎりりと疼《うず》く。

互いに慕《した》い合っていると知りながら、冷飯食《ひやめしぐ》いの自分には琴乃を娶《めと》ることは出来ないと、逃げるようにして琴乃の前から姿を消してしまった龍之介……。

しかも、琴乃の兄威一郎《いいちろう》の急死により、琴乃が内田家を継がなければならなくなったときも、龍之介は琴乃の傍にいなくて、そのため、夏希に龍之介は他の女ごと所帯を持ったと嘘を吐かれ、琴乃は気が進まないまま哲之助を婿に迎えることになったのである。

だが、琴乃の心は哲之助と所帯を持ってからも龍之介へと向けられたまま……。

そのことに気づいた哲之助の気持は揺れに揺れ、いつしか酒に逃げるようになり、最愛の我が娘《こ》を窒息死させる羽目になったのである。

我が娘《こ》を失った琴乃の悲哀に、酔って意識がなかったとはいえ、自分の過失で娘を死に至らせてしまった哲之助……。

自棄無茶《やけむちゃ》になった哲之助は、ますます手がつけられなくなったという。

酒に溺れての狼藉の数々……。

やがて鷹匠衆の中から哲之助廃嫡《はいちゃく》の嘆願が出るところまでいき、そして、遂《つい》に、哲之助は自裁《じさい》に見せかけ、鷹匠衆の手で屠《ほふ》られてしまったのである。

琴乃は自分を責めた。

哲之助の死が、自裁であろうと他殺であろうと同じこと……。

いずれにしても、哲之助をそこまで追い詰めてしまったのは自分……。

琴乃は思い屈し、床に就いてしまったのである。

あのとき、忠兵衛は龍之介に釘を刺した。

「そなたの気持は解る。だが、言っておくが、二度と琴乃どのの前に姿を現さないこと……。普通に考えれば、哲之助がもうこの世にいないのだから、そなたが内田家に入ってもおかしくはない……。元々、そなたと琴乃どのは相思の仲だったのだからよ。だが、はたして、現在《いま》の琴乃どのがそれを望むであろうか……。否《いな》……。琴乃どのは哲之助と夫婦《めおと》になってからもそなたのことが忘れられず、結句、その自分の想いが哲之助を苦しめ、酒へと逃げさせてしまったのだと自分を責め続けてこられたのだ。そんな琴乃どのが、哲之助がいなくなったからといって、すんなりとそなたを迎え入れると思うか？　そなたにしても然《しか》り……。哲之助亡き後、平然とした顔をして内田家に入って行けるか？　行けないだろう？　そんなことをしても、二人とも哲之助への罪悪感に苛《さいな》まれるだけのことで、決して元の形には戻れない……。覆水盆《ふくすいぼん》に返らず、無理をすれば、ますます互いの疵が深くなるばかり……」

その忠兵衛が、今また、琴乃のことはそっと見守るだけに留《とど》めておけと言っているのである。

「琴乃どのが仏門に入られることをそなたに伏せておいてもよかった……。だが、戸田家、内田家は共に鷹匠支配……。隠しておいても、いずれそなたの耳に入るのは必《ひっ》定《じょう》。ならば正直に話し、琴乃どのへの未練を完全に断ち切ってもらいたいと思ってよ。どうだ、龍之介、解ったか！」

忠兵衛はそう言うと、枝垂れ梅を瞠め、ふと頬を弛めた。

「この春もよう咲いてくれた……。おお、そうよ！　梅の花を少し黒江町に持って帰らないか？　今、婢に言いつけ切らせるのでな」

忠兵衛がそう言い、座敷へと戻って行く。

龍之介は枝垂れ梅を瞠めた。

確か、雑司ケ谷の庭にも咲いてたっけ……。

そう思った刹那《せつな》、枝垂れた枝を搔き分けるようにして歩いて来る若き日の琴乃が、つっと眼窩《がんか》を過《よ》ぎった。

龍之介の胸に熱いものが衝《つ》き上げてくる。

琴乃どの……。

涙が弾けたように頬を伝う。

が、龍之介は涙を払おうともせず、風にそよぐ枝垂れ梅を瞠めていた。

千金の夜

「まっ、そうかえ、そんなにおさとさんが綺麗《きれい》だったとは……。ああ、あたしもひと目でいいから、おさとさんの花嫁姿を見たかったな……」

友七親分の女房お文《ぶん》がお持たせの蓮餅《はすもち》を黒文字《くろもじ》で二つに割りながら言う。

「それもこれも、お文さんのお陰《かげ》だよ……。太っ腹にも、おまえさんが売り物の打掛《うちかけ》をわざわざ買うことはない、一度しか袖《そで》を通さないんだからって、ただ同然で貸してくれたんだもんね」

お葉が茶を淹《い》れながら、恐縮したように言う。

「いいってことさ！　だって、うちは古手屋《ふるてや》だよ。古着を売ってるんだから、汚してさえいなければ一度や二度使ったところで……。それよか、あたしのほうこそ感謝してるんだよ。おさとさんに持たせると言って、袷《あわせ》や単衣《ひとえ》を買ってくれたばかりか、婚家先《とつぎさき》への土産《みやげ》に、靖吉さんの桟留《さんとめ》やおひろって娘の七《なな》ツ身《み》まで買ってくれたんだもの、一度きり着ない婚礼衣装を貸すのは当然じゃないか。それでさ、此度《こたび》のことで思いついたんだよ。いっそのやけ、この際、貸衣装もやろうかなって……」

「ああ、それはよい考えだこと！　婚礼衣装なんて誂《あつら》えたところで一度しか袖を通さないんだもんね。まっ、たまには、二度三度ってことがあるかもしれないが、大概《たいがい》は一度袖を通しただけで宝の持ち腐《ぐさ》れとなっちまう……」

「そこで古手屋の出番となるわけなんだけど、古手屋で裁《た》ち下《お》ろしより安く求めたとしても、祝言《しゅうげん》が終われば再び売ることになるだろう？　だったら、端《はな》から、借りたほうがいい……。ねっ、よい考えだろう？　おや、自分で作っておいて言うのもなんだが、この蓮餅、なかなかいけるじゃないか！　お葉さん、食べてごらんよ」

お文に言われ、お葉も蓮餅を口に運ぶ。

「ホントだ！　見た目はぼた餅みたいだが、口に入れると蓮特有の舌触りがして、お文さんが言うように、なかなかいけるよ！」

「へえェ、こんな味がするんだ……。いえね、実は、初めて作ってみたんだよ。というのも、亭主がおはまさんの作った牛蒡《ごぼう》餅が最高だった、おまえもたまには美味《うめ》ェ小中飯《こじゅうはん》（おやつ）を作ってみろって言うじゃないか……。牛蒡餅なんて聞いたこともなければ見たこともないし、もちろん、食ったこともない……。それで、どうやって作るのかと訊《き》いたら、茹《ゆ》でた牛蒡を擂鉢《すりばち》で当たり、砂糖や白玉粉《しらたまこ》、上新粉《じょうしんこ》を混ぜて練《ね》り、団子《だんご》状にしたものを更《さら》に茹で、仕上げに油で揚《あ》げて蜜《みつ》を絡《から》ませるというじゃないか……。そんな手間のかかることなんて出来っこない！　冗談じゃないって一言《いちごん》のもとにあしらったんだが、お美濃《みの》が蓮餅ならもっと手軽に出来ますよって言うじゃないか……。なんでも、お美濃が河津屋《かわづや》にいた頃にお端女《はした》の一人から作り方を聞いたというんで、じゃ、作ってみようかってことになってさ！　実は、味見もしないで、まずはお葉さんに食べてもらおうと思って持って来たんだよ」

「じゃ、親分はまだ食べていないのかえ？」

「そういうこと！　いいんだよ。あの男《ひと》はお美濃に食べさせてもらうだろうからさ。あたしは一刻も早く祝言の話を聞きたくてうずうずしていたもんだから、あとのことはお美濃に委《まか》せて、取る物も取り敢《あ》えず駆けつけて来たんだよ。でも良かった！　恙《つつが》なく祝言が終わって……。じゃ、日々堂からはお葉さんと宰領《さいりょう》（大番頭格）が出席したんだね？　見世《みせ》は友さんが束《たば》ねてくれるだろうけど、おはまさんまで抜けるわけにはいかないもんね……」

「そうなんだよ。本当はおはまも出たかったんだろうけど、正蔵とおはまが一度に抜けると、何事かあった場合に対応できないからね。けど、うちから二人出たんだもの、これで靖吉さんの身内に顔が立ったよ。なんせ、おさとの実家《さと》からは誰も出なかったんだもんね。せめて、日々堂から二人出てやらないと、おさとも肩身が狭いだろうと思ってさ……」

「じゃ、おさとのおとっつァんはあれっきり？」

「ああ……。心の中じゃ許してるんだろうがね……。これが聞きしに勝る鉄梃親父《かなてこおやじ》で、一旦振り上げた拳《こぶし》が下ろせないんだろうさ。おとっつァんがそんな調子だから、兄貴も勝手な真似《まね》が出来ないだろう？」

お葉がふうと肩息《かたいき》を吐《つ》く。

「けど、仲蔵《なかぞう》さんが女房の形見《かたみ》を息子に持たせたっていうじゃないか。それが、せめてもの慰《なぐさ》めだね」

「ああ、寺嶋村に挨拶《あいさつ》に行くときに着せたんだけど、浅黄色《あさぎいろ》の鮫小紋《さめこもん》を纏《まと》ったおさとの姿をおまえさんに見せたかったよ。おさとったら、ぼろぼろ涙を流してさ。これでもう充分だ、これ以上のことが望めようかって……。おさとには仲蔵さんが幸せになれと言ってくれているのが解《わか》ったんだと思うよ」

「ああ、きっとそうなんだろうね」

おさとの祝言の日、仲蔵はどんな想《おも》いで過ごしたのであろうか……。

手塩にかけて育てた娘が嫁《とつ》ぐのである。

ひと目、花嫁姿を見たい、幸せになれよと言葉をかけてやりたい、そう思うのが親心というもの……。

だからこそ、三国一とまでいかないまでも、名主の次男との縁談を持ってきたのである。

ところが、おさとにはすでに心に決めた靖吉が……。

しかも、靖吉が病の女房を抱えているというのであるから、仲蔵がすんなり納得できるはずがない。

仲蔵は靖吉とすぐさま手を切れと迫ったが、おさとも退《ひ》かなかった。

「嫌《いや》だ、あたし！　葛西《かさい》には帰らない。あたしは靖吉さんと約束を交《か》わしたんだものしかも、靖吉が病の女房を……。あの男《ひと》ね、病のかみさんを抱えていて、現在《いま》一番大変なときなんだって……。医者はもう匙《さじ》を投げたらしくて……。それで、かみさんの最期《さいご》を看取《みと》ってやりたいと、そう言うの。あたしはそれでもいい……。あの男《ひと》が自由になる日まで待つつもりよ。おとっつァんが見つけてきた縁談に比べると、靖吉さんはうちと同じ三段百姓《さんだんびゃくしょう》だけど、おはまさんも前に言ってたでしょう？　靖吉さんの作る野菜には外《はず》れがないって……。あの男《ひと》ね、他人《ひと》に美味《おい》しいと言ってもらえる野菜を作るのが何よりの生《い》き甲斐《がい》だ、と口癖のように言うの。あたし、そんな靖吉さんに惚《ほ》れたんだ。あたしがこの男《ひと》の支えになろう、そうして、もっともっと美味しい野菜を作るんだ！　そうすれば、女将《おかみ》さんやおはまさん、日々堂の皆に美味しい野菜を届けられると思って……。ねっ、おとっつァん、許して下さいな。おとっつァんの描《えが》いた夢には添《そ》えないけど、あたしは靖吉さんと一緒に歩《あゆ》み、支え合いながら諸白髪《もろしらが》となるほうが幸せなんだから……。不肖《ふしょう》の娘と恨《うら》んでくれてもいい！　けど、おとっつァんさえ許してくれるのなら、靖吉さんと所帯を持ったあとも、おとっつァんの娘として孝行していくつもりなんだから……」

おさとの強い決意に仲蔵の心は揺《ゆ》れた。

それで、渋々《しぶしぶ》二人のことは黙認するといった形で引き下がったのであるが、その時点では、靖吉に五歳になる娘がいることも、七十路《ななそじ》を過ぎた母親がいることも仲蔵に伝えていなかったのである。

というのも、靖吉が病の女房を抱えているというだけで難色を示した仲蔵である。

とても、一度にそこまで受け止めてくれるとは思えなかった。

三月《みつき》後、靖吉の女房は息を引き取った。

ところが、すぐさまおさとを後添《のちぞ》いに迎えると思っていた靖吉が、女房の一周忌《いっしゅうき》が済むまで、祝言を延ばしたいと言い出したのである。

女房が亡くなったばかりというのにすぐに後添いを貰《もら》ったのでは、周囲《まわり》の者にいかにも女房が死ぬのを待っていたかのように思われ、おさとが寺嶋村に入ってからやりづらいだろうというのが理由であったが、お葉もそれが筋だろうと納得した。

従って、そのときもお葉は仲蔵に何も伝えていなかったのである。

まだ一年も先のことだもの……。

お葉はそんなふうに泰然《たいぜん》と構えていたのである。

だが、師走《しわす》に入り、突然、靖吉が祝言を早めたいと言ってきた。

聞くと、靖吉の母親が風邪《かぜ》を拗《こじ》らせ、そうなると、娘のおひろの世話をする者がいなくなり、親戚筋から一刻も早く後添いを貰えとやいのやいのと迫られるようになったというのである。

放っておくと、いつ、お節介《せっかい》焼きの親戚が勝手に段取りをしてしまうかもしれない。

ならば、今が親戚筋におさとのことを打ち明ける絶好の機宜《きぎ》……。

それで、まずは年明け早々に葛西の仲蔵に頭を下げに行くことに決まったのであるが、問題は、仲蔵に靖吉の女房が亡くなったことや、娘や姑《しゅうとめ》がいることを打ち明けていないことだった。

子煩悩《こぼんのう》な仲蔵のことである。

まさか、こんなに早く靖吉の女房がこの世を去ると思わず渋々二人の関係を認めたが、いざとなるとなかなかどうして、一筋縄《ひとすじなわ》ではいかないのではなかろうか……。

じわじわと、お葉の中で危惧《きぐ》の念が広がっていった。

案《あん》の定《じょう》、仲蔵は靖吉に娘と母親がいると聞き、激怒した。

「ちょい待った！　娘だと？　おめえら、いってえどこまで俺を虚仮《こけ》にしたら気が済むのか！　姑ばかりか娘までいるとは、それじゃ、おさとはこの男に都合良く利用されているのも同然じゃねえか！」

仲蔵は怒り心頭《しんとう》に発し、ぶるるっと身体《からだ》を顫《ふる》わせた。

お葉は慌てた。

「そうじゃないんだ、利用なんて……。おさとはね、何もかも解っていて、それでも靖吉さんの支えになりたいと、誰にも唆《そそのか》されたわけでもなく、自ら靖吉さんの懐《ふところ》に飛び込んでいったんだからね……。それが、男と女《おな》ごが心底尽《しんていず》くになるということで、女ごは惚れた男のためにならなら、どんな犠牲を払っても構わない……。おまえさんも知っていると思うが、おさとは靖吉さんが女房を看取るまで、何年でも待つつもりでいたんだからね。だから、あたしもいずれはおまえさんに姑と娘がいることを打ち明けなきゃいけないと思いつつも、もう少しときをかけて……、と思ってたんだよ。ところが、こんなに早くかみさんが亡くなるなんて……。おまえさんはなぜそのときに自分に知らせなかったかと不満だろうが、あのときも、おさとを後添いにするのは女房の一周忌を済ませてから、と靖吉さんが言い出したものだから、あたしもそれは人として理道《りみち》に合っていると思えてすぐに同意したんだけど、そうなると、二人が祝言を挙げるまで一年の間があるわけだ……。それで、姑と娘のことをおまえさんに告げるのは、もう少し先延ばしにしてもよいのではなかろうかと考えてね……」

「先延ばしにしようと、俺《おり》ャ、気持は変わらねえ！」

仲蔵は苦々《にがにが》しそうに吐き出した。

お葉は更に続けた。

「そうだろうか……。おまえさん、内心ではおさとと靖吉さんのことを認めてたんだってね？　女ごは惚れた男と一緒になるのが一番だと言ってたそうじゃないか！　人は長いときをかけて考えれば、同じことでもあらゆる方向から考えようとするが、短い間にいろんなことが起きると、冷静さを欠いちまうもんでね……。それで、あたしも一年のときをかけてゆっくりと、と思っていたのだが、まさか、靖吉さんのおっかさんまでが病に倒れるとは……。これは誰にも推《お》し測《はか》ることが出来なかったことなんだよ。しかも、靖吉さんの周囲《まわり》から娘のために早く後添いをと声が上がり始めたというし、これはおさとにとって、むしろ追い風なのではと思ってさ……。ねっ、仲蔵さん、許してやってくれないだろうか？　娘はおひろといってね、年が明けて六歳になったんだけど、これが可愛《かわい》い娘でさ！　おさとにも懐《なつ》いているし、傍《そば》で見ていると、まるで実の母娘《おやこ》のように見えるんだよ」

靖吉も仲蔵の前で床に頭を擦《す》りつけた。

「お願《ねげ》ェしやす！　おさとをあっしに下せえ。幸せにしやす。決して、泣かせるようなことはしやせん……」

「おとっつァん、許すと言っておくれよ！　あたし、この男《ひと》と一緒に生きていきたい。おとっつァんは靖吉さんのおっかさんやおひろちゃんのことを案じているんだろうけど、あたし、二人と仲良くやっていける！　おひろちゃんは我が娘《こ》のように可愛いし、おっかさんは靖吉さんを産《う》んでくれた女《ひと》だもの、あたし、大事にしますから……」

おさとも縋《すが》るように言った。

「もういい！　それ以上言うな」

「えっ、じゃ、許してくれるんだね？」

「許す必要があろうかよ！　おめえはもう俺の娘じゃねえんだからよ！　二度とこの家の敷居を跨《また》ごうと思わねえでくれ。とっとと、その男と出て行ってくんな！」

仲蔵はそう鳴り立てると、むくりと立ち上がった。

お葉もおさとの兄卓一《たくいち》も懸命に仲蔵を宥《なだ》めたが、仲蔵は掌《てのひら》を握り締め、全身で顫えていた。

すると、おさとが緊張の糸が切れたかのように、激昂《げっこう》して泣き叫んだ。

「あんちゃん、もういいよ！　あたし、許してもらわなくてもいい。誰がなんと言おうと、あたしは靖吉さんと一緒になる！　女将さん、靖吉さん、さあ帰りましょう」

「おさと、おまえ、そんなことを……」

「そうだよ、おさと。口が裂《さ》けても、縁を切るなんてことを言うんじゃねえ！」

お葉と靖吉は慌てておさとを制したが、仲蔵は唇をへの字に曲《ま》げて板戸を開け、座敷に入るとバタンと後ろ手に戸を閉めてしまった。

誰もが言葉を失い、茫然《ぼうぜん》と立ち竦《すく》んでいた。

「親父《おやじ》があああなったら、もう手がつけられねえ……。とにかく、意地っ張りなんだから……」

卓一の言葉に、お葉もこれ以上何を言っても無駄だと悟《さと》った。

「そうかえ……。残念だけど、仕方がないね。では、仲蔵さんの気が鎮《しず》まったら、伝えておくれ。おさとは日々堂が責めを負う。後添いであろうと、恥ずかしくないだけの祝言を挙げてやるつもりなんで安心しておくれと……。では、そろそろ引き上げるとしようか……。邪魔して悪かったね」

そうして、葛西村から戻ってきたのだが、それから二日後のことである。

おさとの兄卓一が日々堂を訪ねてきたのである。

卓一は仲蔵に言われ、母の形見の着物を届けに来たと言った。

「おっかさんの一張羅《いっちょうら》だ。おとっつァんはなんでもこれをおめえに持たせたかったんだろうて……。朝方、長持《ながもち》の中を掻《か》き回していたかと思うと、おいちに悟られねえように俺を表に呼び、これを今日中におめえに届けろと……」

それは、浅黄色の鮫小紋で、裾回《すそまわ》しに黄緑色を使った、なかなか乙粋《おついき》な小袖《こそで》であった。

「この小袖、おっかさんが一番大切にしていたものなの……。それを、おとっつァんがあたしに……」

おさとの目から弾《はじ》けたように涙が零《こぼ》れ落ちた。

お葉の胸も熱くなった。

仲蔵が死んだ女房の大切にしていた小袖を娘のおさとに……。

さすがに息子の嫁のおいちに気を兼《か》ねたのであろう、卓一を表に呼び出しておさとに届けろと伝えたとは……。

やはり、仲蔵も心の中では、おさとのことを許していたのである。

なんとも不器用だが、仲蔵はこんな伝え方しか出来なかったのであろう。

「おさと、幸せになれや……。あんちゃんも祈ってるからよ。おとっつァんのことを勘弁《かんべん》してやってくれよな」

卓一は辛《つら》そうにおさとを見た。

おさとはうんうんと頷《うなず》き、涙に濡《ぬ》れた目で卓一を瞠《みつ》めた。

「おとっつァんのこと、頼むね、あんちゃん……」

「ああ、委せとけ！」

これが最後であった。

翌日、おさとは母の形見の小袖を身に纏い、お葉と共に寺嶋村に挨拶に行ったのである。

その場で、祝言は雛《ひな》の節句《せっく》と決まり、お葉は葛西にもその旨《むね》を認《したた》め文《ふみ》を出したのであるが、仲蔵からは何も言ってこなかった。

が、それでもまだ、お葉はかすかに期する想いが捨てきれなかったのである。

仲蔵が駄目なら、せめて卓一でも……。

だが、終《つい》しか、お葉の願いは聞き届けられることはなかった。

寺嶋村を辞《じ》す際、お葉はおさとの耳許《みみもと》に囁《ささや》いた。

「気を落とすんじゃないよ。おまえには靖吉さんがついているんだからね」

おさとは頷いた。

「はい、解っています。あたし、幸せになってみせます。それが、おとっつァんへの答えですから……」

「身体に気をつけるんだよ。気を張って、何もかもを一人でしようと無理するんじゃないの。いいかえ、日々堂を実家《さと》だと思うんだよ。実家《さと》では、いつもおまえのことを思っているからね。何かあったら、いつでも頼りにしておくれ……」

「女将さん、長い間お世話になりました。あたしは女将さんのことを母だと思い、お慕《した》いしていました」

「莫迦《ばか》だね、おさとは……。泣かせるようなことを言っておくれでないよ。けどおまえがそう思ってくれて、あたしも嬉《うれ》しい……」

祝言の最中《さなか》、祝いに涙は禁物……、とお葉は思わず衝《つ》き上げてくる涙と闘《たたか》っていたのだが、堰《せき》を切ったかのように、はらはらと涙が頰《ほお》を伝った。

「女将さん……」

おさとの目にも涙が溢《あふ》れた。

「けど、何はともあれ、いい祝言だったよ。娘を嫁に出す親の心境ってこんなものなんだろうね……。嬉しいような寂《さみ》しいような……」

お葉が感慨深げにそう言ったときである。

「おや、お文さん、お見えになっていたんですか。ちっとも気づかなくって……」

おはまが厨《くりや》から茶の間に入って来た。

「なんだ、おはまさん、いたのかえ！　ちょうどよかった。蓮餅って食べたことがあるかえ？」

お文が、おいでおいで、と手招きする。

「蓮餅ですか？　いえ……。まあ、お文さんが作られたのですか？」

おはまが目をまじくじさせながら寄って来る。

「そうなんだよ。いえね、これが実に簡単でさ！　蓮根《れんこん》を下ろして、白玉粉、上新粉、砂糖を混ぜて丸め……。まっ、ここまでは牛蒡餅とさして変わりはしないが、蓮餅が簡単なのは、丸めた団子を茹でて、仕上げに黄な粉と砂糖をまぶすだけ！　ねっ、簡単だろう？」

お文が鼻柱《はなばしら》に帆《ほ》を引っかけた（自慢げ）ように言う。

お葉はくすりと肩を揺らした。

そんなことは、おはまは先刻承知……。

それなのに、今初めて知ったといった顔をするとは、おはまもどうして、なかなかの役者ではないか……。

龍之介が井戸端《いどばた》で汗を拭《ぬぐ》っていると、縁側から師範代《しはんだい》の田邊朔之助《たなべさくのすけ》が声をかけてきた。

「戸田、師匠がお呼びだ！」

ハッと龍之介が振り返ると、田邊はわざとらしく眉根《まゆね》を寄せてみせた。

はて、何事であろうか……。

龍之介は訝《いぶか》しそうな顔をすると、慌てて諸肌脱《もろはだぬ》ぎにした稽古着《けいこぎ》を肩に戻した。

「何事にございましょう」

龍之介が田邊の傍《そば》に寄って行く。

「覚悟しておけ。お叱《しか》りを受けるのであろうからよ」

「お叱り？」

田邊がにたりと笑う。

「こいつ、真《ま》に受けてどうする！　今のおぬしの顔、ふふっ、鏡に映《うつ》して見せたかったぜ」

「…………」

「案ずるな。久し振りに一献《いっこん》どうだという誘いであろうからよ。おぬし、急いで帰ることはないのだろう？」

「ええ、別にこれといった用はありませんので……」

「では、参ろうか」

田邊が先に立ち、耕作《こうさく》の書斎へと歩いて行く。

「おっ、参ったか……。まあ、坐《すわ》れ」

耕作が龍之介の姿を認めると、傍に寄れと手招きする。

「実は、わたしの実家高瀬《さとたかせ》から筍《たけのこ》が届いたのでな。現在《いま》、香穂《かほ》に調理させているのだが、同じことなら、おぬしたちと一献傾《かたむ》けるのもよいかと思ってな……。別に急いで帰ることはないのだろう?」

「ええ、急ぐことはありませんが……」

「では、決まりだ!」

耕作はそう言うと、ポンポンと手を叩《たた》いた。

襖《ふすま》がするりと開いて、妻女の香穂が顔を出す。

「戸田も大丈夫だ。三人分の膳《ぜん》を仕度《したく》してくれ」

香穂がくすりと肩を揺らす。

「そのつもりで、もう仕度が出来ていますのよ。すぐにお持ちしても構いませんこと?」

耕作は一瞬考える素振りをしたが、少し早いようだが、ああ、構わないだろう、と頷いた。

香穂がふわりとした笑《え》みを寄越《よこ》し、去って行く。

川添観斎《かんさい》の死去に伴《とも な》い耕作が観斎の娘香穂の婿《むこ》となり、道場を引き継いで一年と少し……。

今や、耕作はすっかり師匠としての風格が備《そな》わり、どこかしら体つきも一廻《ひとまわ》り大きくなったように思える。

「師匠の実家《さと》では竹林をお持ちで……」

相も変わらず、田邊はお髭《ひげ》の塵《ちり》を払うのに忙しい。

「なに、さして広くもないのだがな。筍だけは毎年よく採《と》れる。高瀬が他人《ひと》に自慢できるのはそれだけでよ……」

「またまた……。それだけでも誇れるものがあるのですから、羨《うらや》ましい限り……。それがしなど、何ひとつございません。その点、戸田はいいよな？　なんといっても戸田家は御鷹匠《おたかじよう》支配の家柄……。千駄木の屋敷の広大なことと言ったら！　筍ばかりか栗や柿、無花果《いちじく》など、大概のものは屋敷内で採れるのであろう？」

田邊が恨めしそうな顔をする。

「ええ、それはまあ……」

龍之介は決まり悪そうな顔をした。

幼少の頃より季節の移《うつ》ろいを我が屋敷内で眺《なが》めてきて、それをごく自然なことのように思っていたのだが、まさか、そんなことで他人《ひと》から羨ましがられようとは……。

つまり、龍之介はそれだけ恵まれた環境にいたということなのである。

「ですが、現在《いま》のわたしには関係のないことですので……」

龍之介が忸怩《じくじ》とした想いでそう言ったとき、香穂が婢《はしため》を伴い膳を運んで来た。

なんと、筍料理だけかと思っていたら、筍の土佐煮《とさに》、木《き》の芽和《めあ》え、筍ご飯、筍と若布《わかめ》の吸物の他に、鰆《さわら》の刺身や白魚《しらうお》の掻揚《かきあげ》までがついているではないか……。

「鰆と白魚は魚新《うおしん》が届けてきてよ。何もかもが到来物《とうらいもの》だ。遠慮することはない。大いに飲み食おうぞ！」

「魚新といえば、ああ、三月《みつき》前に入門した福太《ふくた》の……」

田邊が訳知り顔に言う。

「あいつはなかなか筋がよい。魚屋の倅《せがれ》にしておくのが惜《お》しいほどだ」

「まっ、田邊さんたら！　付け届けがあると、すぐに甘い顔をなさって……」

香穂はめっと田邊に顰《しか》めっ面《つら》をしてみせた。

田邊がひょいと肩を竦め、耕作に酌《しゃく》をしながら訊《たず》ねる。

「それはそうと、師匠の許《もと》にも、あれきり小弥太《こやた》の噂《うわさ》が入って来ませんか？」

「いや、何も……。戸田、おぬしはどうだ？」

耕作に瞠められ、龍之介は、いえ、何も……、と首を振った。

「戸田が桜木《さくらぎ》の家を訪ねたのは、去年の十一月だったよな？　すると、もう四月《よつき》か
……。確か、あのときは小弥太が不在で逢《あ》えなかったと聞いているが、戸田が訪ねて

行ったことは家人の口から小弥太に伝わっているだろうに、何ゆえ何も言ってこないのか……」

耕作が訝しそうに首を傾《かし》げる。

「今となっては、若党から小弥太に伝わったかどうか、それすら疑わしく……」

「いや、それは判《わか》らぬぞ。もしかすると、小弥太はもう俺たちと縁を切りたいのかもしれない。それで、戸田が訪ねて来たと聞いても、知らんぷりしているのかも……」

田邊が憎体《にくてい》に言う。

「まさか……。小弥太はそんな男ではありませんよ」

「おぬし、どこまでお人好しなんだよ！　小弥太はああ見えて計算高い男でよ……。冷飯食《ひやめしぐ》いだった頃は、同じ冷飯食いのおぬしに妬心《としん》を抱いていたのを知らないのかよ？」

「わたしに妬心を？」

「ああ、そうだ。あいつ、同じ冷飯食いといっても戸田は違う、何しろ背後に御鷹匠屋敷が控えているのだからよ、小遣いにも困らないだろうし、何かあれば立派な兄上の許に逃げ帰れるのだからよ、その点、三十俵二人扶持御徒組《ぶちおかちぐみ》の次男坊には逃げ場がない、今に見ていろと言いたくてもそれも出来ぬのだからよ、と忌々《いまいま》しそうに零してたんだぜ。そんな男が門番同心番頭《ばんがしら》の桜木家の婿養子に入れたんだ。おまけに、女房はすこぶるつきの品者《しなもの》（美人）だという……。小弥太が冷飯食いだった頃を思い出させる者とは縁を切りたいと思って当然だろう？　だからよ、何度、戸田が文を出そうが訪ねて行こうが、小弥太はフンと鼻でせせら笑っているに違いない！　それ故《ゆえ》、師匠も戸田も、もう小弥太のことは気にかけなくていいですよ」

「………」

田邊の言葉は、龍之介の胸をぐさりと刺した。

小弥太が自分のことをそんなふうに思っていたとは……。

確かに、傍目《はため》には龍之介のしていることは道楽に見えるかもしれない。

龍之介が、戸田の家とは縁を切った、自分は一介《いっかい》の市井人《しせいじん》なのだ、と口を酸《す》っぱくして言っても、他人《ひと》には、いやいや陰で戸田から小遣いを貰っているのだろう、そのうち見合った家格の家の養子、もしくは鷹匠衆《し》の一人として取り立てられるに違いない、と思われてしまうのである。

だが、そう思われても仕方がない。

現に、口では戸田の家とは縁を切ったと言いながらも、千駄木に何かあれば駆けつけていくし、兄忠兵衛とは相変わらず睦《むつ》まじい関係を保っているのである。

「おい、止《よ》せよ、戸田……。俺は別におぬしを疵《きず》つけるつもりで言ったのではないからよ。それに、小弥太がなんと思おうと放っておけばよい！　所詮《しょせん》、小弥太とおぬしとでは氏素性《うじすじょう》が違うのだからよ。小弥太がどんなに逆立ちしようと、それだけは換えられない……」

田邊は余計なことを言ったとでも思ったのか、気を兼ねたように、まあ、一杯、と酒を勧《すす》めた。

「戸田、どうした？　ちっとも箸《はし》が進んでいないではないか……。美味《うま》いぞ！　筍もさることながら、この白魚の掻揚の美味いこと……。これを食べると、春が来たといった感がある」

耕作がサクリと掻揚を齧《かじ》る。

龍之介も勧められるまま、掻揚に箸を伸ばす。

サクリとした歯応えに、思わず龍之介の頬が弛《ゆる》んだ。

「おっ、少しは気が爽《さわ》やいだかな？　戸田、何があったかは訊かぬが、道場にいるときには余計な想いは払うのだ。無心になれ！　それが己《おのれ》を助けることに繋《つな》がるのだからよ」

耕作のさり気ない言葉に、龍之介の胸がきやりと高鳴った。

　ああ、やはり、師匠は見抜いておられたのだ……。

　耕作は龍之介の心を搔き乱すことがあったに違いないと読み、それで、到来物を口実にこの席を……。

　そう思うと、穴があったら入りたいような気持になった。

「申し訳ありません」

　龍之介が気恥ずかしそうに頭を下げる。

「えっ、おぬし、何事かあったのか？」

　田邊がとほんとした顔で訊ねる。

　どうやら、師匠にお叱りを受けるかも知れないぞと言ったのは冗談口で、その顔からして、本当に何も気づいていないようである。

　してみると、やはり耕作のほうが一枚上手《うわて》……。

　到来物を口実に一献と誘い、さり気なく叱咤《しった》してみせたのであるから、龍之介にしてみれば汗顔《かんがん》の至《いた》りである。

「さあさ、もうよいではないですか。戸田さま、筍ご飯を召し上がって下さいませ」

　香穂の屈託《くったく》のない声に、龍之介はほっと救われたように思った。

道場を出たのは六ツ半(午後七時頃)であろうか……。

ずいぶんと陽《ひ》が長くなったものである。

半月ほど前までは、六ツ(午後六時頃)を過ぎるとすでにとっぷりと暮れていたが、現在はまだ四囲《しい》が灰色がかり見通しが悪くなっただけ……。

龍之介は北ノ橋《きたのはし》を渡ると、とん平《ぺい》の赤提灯《あかちょうちん》へと目をやった。

小弥太は姉の吉村三智《よしむらみち》に文のひとつでも出しているのであろうか……。

そんな想いが頭を過《よ》ぎったが、すぐに、いや、それはないだろう……、と思い直した。

田邊が言うように、小弥太が冷飯食い時代を思い出す者と縁を切ろうとしているのだとすれば、三十俵二人扶持の御徒組に輿入《こしい》りし、費《つい》えの足《た》しにと居酒屋の板場で働く三智とは真っ先に縁を切りたいはずである。

何しろ、小弥太は八歳の時に母親を失い、三智を母親代わりにして育ってきたのであるから、良きにせよ悪《あ》しきにせよ、三智には何もかもを知られている。

謂《い》わば、三智との思い出は、貧しき時代の象徴といってもよいだろう。

思うに、小弥太は祝言にも三智を招いていないのではなかろうか……。

立場上、三崎《みさき》の兄は招いたかもしれないが、龍之介には、小弥太が居酒屋で働く姉を祝言の席に招いたとは思えなかった。

だが、待てよ……。

桜木登和《とわ》に心底尽くとなった男が他にいると知りながら、しかも、登和から小弥太と所帯を持ってもその男との関係を絶つつもりはないと宣言されながら、尚《なお》かつ、桜木家の婿養子に入っていった小弥太が、心穏《こころおだ》やかでいられるだろうか……。

あの女《ひと》のためなら、なんだって出来る！　登和どのに他に男がいても、あの女《ひと》の傍にいられるのであれば凌《しの》いでいける……。その覚悟は出来ているのだ。

そう言ったときの小弥太の顔が、龍之介の脳裡《のうり》にゆるりと甦《よみがえ》る。

無理して頬に笑みを貼《は》りつけていたが、あれは明らかに、情張《じょうはり》以外の何ものでもなかった。

惚《ほ》れた女ごが他の男と逢瀬《おうせ》を重ねるのを、小弥太が見て見ぬ振りなど出来るはずもない。

龍之介の眼窩《がんか》を、つっとお高祖頭巾《こそずきん》を被《かぶ》った女ごの面差《おもざ》しが掠《かす》めて通った。

藤色の縮緬《ちりめん》の着物に紫の魚子織《ななこおり》の被布《ひふ》を纏い、抜けるように透《す》き通った白い肌や黒目がちの瞳《ひとみ》……。

小弥太でなくても、男なら誰でも胸を鷲摑《わしづか》みにされてしまいそうな女ごである。

四月《よつき》前、龍之介は文を出してもなんら音沙汰《おとさた》のない小弥太を案じ、桜木直右衛門《なおえもん》の屋敷を訪ねた。

結句《けっく》、小弥太は不在だと若党に鮸膠《にべ》もなく追い返されたのであるが、龍之介が未練たらしくしばらく門前に佇《たたず》んでいたところ、木戸門からお高祖頭巾を被った女ごが出て来た。

龍之介はハッと身体を返し板塀《いたべい》の陰に身を隠したが、お高祖頭巾から覗《のぞ》いた女ごの面差しの麗《うるわ》しきこと……。

龍之介は登和に違いないと確信した。

その刹那《せつな》、龍之介にも小弥太の切《せつ》なさが痛いほどに伝わってきた。

形だけの夫婦《めおと》であってもいい、俺はあの女《ひと》の傍にいられるだけで幸せなのだ、と言った小弥太……。

とはいえ、形だけの夫婦《めおと》でいることがどんなに辛いことか……。月日と共にその想いはますます大きくなっていくに違いない。

あれから四月《よつき》……。

もしかすると、小弥太は誰にも吐露《とろ》できない胸の内を、母親代わりの三智だけには文で打ち明けているかもしれない。

龍之介の目に、赤提灯の灯《ひ》が瞬《またた》いているように見えた。

龍之介は赤提灯に向けて一歩踏み出し、ぎくりと脚《あし》を止めた。

やはり、止しておこう……。

小弥太はもう俺たちと縁を切りたがっているのよ……。

田邊の言葉が甦った。

そうなのかもしれない……。

小弥太が現在《いま》どう思っているのか、誰にも判りはしないのだ。

それなのに、自分がここまで小弥太のことを案じるのは、哲之助のことがあったからに違いない。

そう思ったとき、琴乃の寂しそうな顔がつと眼窩を過ぎった。

ああ……、自分は琴乃への想いを、小弥太にすり替えようとしているのだ……。

琴乃が仏門に入ると聞いても、なんら為《な》す術《すべ》がなく、悶々《もんもん》と心を痛めただけの自分である。

「龍之介、思い上がるでないぞ！　現在《いま》のそなたに何が出来ると思う？　何も出来はしないのだ。琴乃どのに残された道は、仏に仕《つか》える道のみ……」

忠兵衛は枝垂《しだ》れ梅《うめ》を龍之介に手渡しながら、念を押すように耳許《みみもと》に囁《ささや》いた。

忠兵衛のその言葉は、琴乃が鎌倉に発《た》つ前にひと目逢っておきたいと思う、龍之介の心を強《したた》かに打ちのめした。

「辛いでしょうがそうなさって下さいませ。逢わないことが、琴乃さまをお救いすることになるのですからね」

嫂《あによめ》の芙美乃もそう言った。

逢えば、琴乃をますます苦しめることになる。

それが、龍之介にとってどれだけ辛いことか……。

仏に縋《すが》ることの出来ない龍之介は、哲之助を死に追いやり琴乃を仏門に送る契機《きっかけ》を作った重責を、これから先ずっと、背負って生きていかなければならないのである。

だが、龍之介は逃げるわけにはいかない。

今や、龍之介は日々堂という大きな歯車の一環を担《にな》い、皆で支え合って生きているのである。

人は一人であって、一人ではない。

お葉たちと知り合い、その思いはますます強くなった。

「琴乃どのは仏に縋る道を選ばれた。が、そなたは男だ。辛いだろうが耐《た》えていくのだな……」

別れ際、忠兵衛がぽつりと洩《も》らしたその言葉で、龍之介は琴乃との決別を胸に誓ったのである。

とはいえ、どうかすると、頭を過ぎるのは琴乃への想い……。

夏希に嘘《うそ》を吐《つ》かれたと知ったとき、すぐにでも琴乃の許に駆けつけていれば、その時点ではまだ祝言を挙げていたわけではなく、間に合ったはずである。

それなのに、そうしなかったのは、自分にまだ迷いがあり、夏希に対しての意地があったから……。

糞《くそ》ォ！　そこまで汚い手を使うのなら、堂々と受けて立ってやろうではないか！

御鷹匠支配の座は、哲之助にくれてやる……。

そんな思いがなかったと、どうして言えようか。

結句、その意地が琴乃を苦しめ、哲之助をも苦しめたのである。

そう思うと、すべての原因が自分の優柔不断さにあるように思えてきて、それが龍之介をいまだに忸怩《じくじ》とさせるのだった。

耕作の目に稽古に身が入っていないように見えたのは、そのせいであろう。

陽はもうとっぷりと暮れていた。

龍之介は闇に閉ざされた道を歩きながら、ワッと声を上げた。

提灯《ちょうちん》を手に向かいから歩いてきた男が驚いたように龍之介を見ると、懼《おそ》れをなして小走りに去って行く。

提灯も持たず闇の中で奇声を上げる龍之介を、不審者とでも思ったのであろう。

いかんな、こんなことでは……。

龍之介は胸の内で独《ひと》りごちると、高橋《たかばし》を目掛けて歩いて行った。

夕餉《ゆうげ》を済ませて来たですって？　だったら前もって言って下さいよ。少しは仕度をして待っている者の身になってもらいたいもんだ！

おはまの鳴り立てる声が聞こえるように思えた。

現在《いま》は、その甲張《かんば》ったおはまの声すら恋しく思える。

龍之介は大股《おおまた》に、走るようにして高橋を渡った。


翌日、友七親分が蕗味噌《ふきみそ》を嘗《な》めたような顔をしてやって来た。

正蔵から帳簿の説明を受けていたお葉は、友七の顔を見てきやりとした。

「親分、まさか、友造の妹のことで何か判ったんじゃないだろうね」

友七は、いや、済まねえ、そっちのほうはまだ何も……、と言うと、腰砕《こしくだ》けしたようにすとんと長火鉢《ながひばち》の傍に坐り込んだ。

「茶をくれねえか。疲れちまったぜ……。いや、捜《さが》してるんだぜ。捜してるんだが、伏見屋の行方が杳《よう》として知れず、現在《いま》下っ引きの波平《なみへい》と矢吉《やきち》に伏見屋の奉公人を当たらせているんだがよ……。なんせ、伏見屋が身代限《しんだいかぎ》りになり奉公人が散り散りになっちまったもんだから、これが雲を摑《つか》むような話でよ。そんな理由《わけ》なんで、もう少し待ってくんな」

「そうかえ。いえ、うちでも男衆《おとこし》が町小使《まちこづかい》（飛脚《ひきゃく》）に出た際、伏見屋に関することならなんでもいいから聞き出してこいと言ってるんだが、なかなか要領を得なくてさア……」

お葉が茶を淹れ、さっ、どうぞ、と猫板《ねこいた》の上に湯呑《ゆのみ》を置く。

友七が苦虫《にがむし》を噛《か》み潰《つぶ》したような顔をして、湯呑を口に運ぶ。

「おめえ、葭町《よしちょう》に頼んでみると言ってたんじゃねえのかよ」

お葉が駄目、駄目、と大仰《おおぎょう》に手を振ってみせる。

「駄目で元々と思って頼んでみたんだがね。山源の宰領《さいりょう》に一言《いちごん》のもとに断られちまったよ……。町小使をなんだと思ってる、そんな余計なことをさせるくれェなら一通でも多く文の集配をさせなきゃならない、とこう来たからさ……。まっ、言われてみればそうなんだけどさ。夕霧のときには総元締が快《こころよ》く力を貸してくれたもんだから、つい、此度も甘えようとしたあたしが悪かったんだよ」

お葉が肩を竦《すく》める。

「だから、あっしは頼んだところで無駄だと言いやしたんで……。夕霧のときには、うちが文を配達するのを黙認してもらっただけで、山源の町小使に何かさせたってわけじゃありやせんからね」

正蔵が恨めしそうに言う。

「けど、それは総元締が病の床に就《つ》いてるからじゃないか！　総元締がいれば、山源の宰領もああまですげない言い方をしなかっただろうさ」

お葉がムッとしたように言う。

「山源の総元締が病だって？　ほう、そりゃまたどうして……」

友七が驚いたような顔をする。

「別におかしくはないさ。総元締も五十路《いそじ》半《なか》ばだからね。先にも痛風《つうふう》で難儀をしなさってたが、此度は中気《ちゅうき》の発作《ほっさ》でさ。それで、此《こ》の中《じゅう》、見世には出られないとか……。そのせいか、辰次《たつじ》という宰領のまあ偉そうなこと！　まるで自分が山源の主人《あるじ》って顔をして、のさばり返ってんだからさ……」

お葉が憎体に言い、顔を顰《しか》める。

「しかもだよ、あたしが総元締を見舞いたいと言ったら、なんて答えたと思う？　迷惑だ、とひと言……。てんごう言ってんじゃないよ！　何が迷惑かよ。総元締には甚三郎がさんざっぱら世話になってきたんだ。山源から独立する際には快く許してくれたし、甚三郎が亡くなってあたしが日々堂を引き継ぐことになったときも、まっ、たまには嫌《いや》がらせもされたんだけど、概《おおむ》ね、温かい目で見守ってくれた……。その男《ひと》が病だと知れば見舞いたいと思って当然じゃないか……。違うかえ？」

お葉の剣幕に、正蔵が挙措《きょそ》を失う。

「まあま、女将さん、抑《おさ》えて、抑えて……。宰領が迷惑と言ったのは言葉の綾《あや》で、きっと、医者から他人《ひと》に逢わせるのを止められているんでしょうよ。いいじゃありやせんか。こっちは見舞いたいと申し出たんだから、それで筋は通したってもんで……」

「まっ、そういうこった。だがよ、総元締の容態《ようだい》がそこまで芳《かんば》しくねえんじゃ、山源の先行《さきゆ》きも危《あや》ぶまれるってもの……。万が一ってことがあれば、誰があとを継ぐのよ。総元締に息子はいねえのかよ？　まさか、宰領が引き継ぐってことになるんじゃねえだろうな？」

友七が気遣《きづか》わしそうに言う。

お葉と正蔵は顔を見合わせた。

「息子がいることはいるんでやすがね……。さあ、あとを継げる器《うつわ》かどうか……」

正蔵が言い辛そうに言い、眉根を寄せる。

「なんでェ、そいつァ……」

「いえね、あたしは一度も逢ったことがないんだけど、八年ほど前に山源をおん出ちまった息子がいるとかでさ……」

お葉が、ねえ？　と正蔵を窺《うかが》う。

「山源をおん出たとは穏やかじゃねえが、またなんでよ？」

友七に瞠められ、正蔵が困《こう》じ果てた顔をする。

「いや、それが……。源一郎《げんいちろう》っていうんでやすがね。これが餓鬼《がき》の頃から芸事《げいごと》が好きで、まっ、総元締のかみさんが柳橋《やなぎばし》で鳴らした芸者っていうから無理もねえ話なんだが、総元締にしてみれば、一人息子だ……。当然、山源を託《たく》すつもりでいたんだろうが、二十歳《はたち》を過ぎても一向に家業に身が入《へえ》らねえ……。三味線《しゃみ》だの常磐津《ときわず》だの都々《どど》逸《いっ》だの、挙句《あげく》は芝居に凝って歌舞伎《かぶき》役者になりてェと言い出す始末で、総元締も頭を抱えていたところ、かみさんが亡くなった……。そうしたら、源一郎が葭町にぴたりと寄りつかなくなりやしてね。なんでも、心底尽くになった女ごが出来たとかで、常磐津のお師《し》匠さんの家に入り浸《びた》るようになったとか……。というのも、家に戻れば、総元締が女々《めめ》しい真似をするな、男たるものは……、と小言八百《こごとはっぴゃく》に利《り》を食うように責め立てるし、店衆《たなし》は店衆で血気逸《けっきはや》った荒くればかり……。そんな理由《わけ》だから源一郎が女ごの柔肌《やわはだ》に逃げ込みたくなる気持が解らないでもないんだが、かといって、女ごの家に逃げ込んだ源一郎を放っておくわけにもいかねえ……。それで、今日こそは連れ帰《けえ》ろうと総元締と宰領が常磐津の師匠の家に乗り込んだところ、家の中は蛻《もぬけ》の殻《から》……。それが八年前《めえ》のことで、以来、源一郎と女ごがどこに逃げたのか判らねえとくる……」

正蔵に続いて、お葉も言う。

「あたしが甚さんと所帯を持ったときには、もう息子は葭町にいなくてね……。ただ、総元締からはさんざん繰言《くりごと》を聞かされたよ。なんであんな柔《やわ》な男に育っちまったんだろうか、こんなことになるのなら、女房が息子を連れ歩くのを止めてりゃよかった、おまえさんも其者《それしゃ》上がりだが、其者上がりというのは脚を洗ってからも芸事が恋しいものなのか、てめえ一人で遊び歩くというのならまだ許せるが、息子まで連れ歩くことはねえだろうに……、とね。そんなことをあたしに言われても、おてちん（お手上げ）だ！　ふふっ、あたしも気の勝った女ごだからさ。天骨《てんこち》もない、そりゃ人によるんじゃござんせんかって答えてやったけどさ……」

「ああ、それで、女将さんは葭町から戻ると、毎度、表に塩を撒《ま》いて、ああ、すっきりしたァ、と叫んでいなさったんでやすね？」

正蔵がにたりと笑う。

「止しとくれよ！　叫んだなんて、人聞きの悪い……。ちょいと大きめな声を出しただけだよ。けどさ、総元締も少しばかり気の毒でさァ……。甚さんが亡くなった後、総元締があたしにこう言ったんだよ。息子の源一郎があんな体《てい》たらくなものだから、自分がどれだけ甚三郎を頼りにしていたか……、本音《ほんね》をいえば、山源を託してもよいと思っていたんだが、それが突然、独立したいと言い出され、正《まさ》な話、あのときは神仏を呪《のろ》いたくなったと……」

お葉がしみじみとしたように言うと、正蔵も仕《し》こなし顔に頷く。

「おまけに、あっしまでが旦那にくっついて山源を出ちまったんだからよ……。けど、旦那にゃ夢があった！　それまでの便り屋は文を出してェ者がわざわざ見世まで持っていかなくちゃならなかったが、これからは、誰でもが気楽に文の遣《や》り取りが出来るように、常時、町中を町小使が駆け回る、そんな便り屋を作りてェんだと……。あっしも旦那の夢に懸けた。旦那なら、それがやれると……。まっ、現在《いま》じゃ、どこも同じやり方をしてやすがね」

「なるほど、そういうことだったのか……。だがそうなると、源一郎の行方が判らねえんじゃ、山源は宰領が仕切るよりしょうがねえってことに……。で、その男は幾《いく》つなのかよ？」

友七に睨《ね》めつけられて、正蔵が指折り数える。

「確か、あっしより三歳下だと思うんで、あっ、四十九か……」

「辰次が四十九ってことは、えっ、正蔵は五十二になったのかえ？」

お葉が目をまじくじさせる。

「そりゃなりもしやすぜ。女将さんだって三十路《みそじ》が近くなったんでやすからね」

「ほう、お葉が三十路とな？」

友七が改まったように、お葉を瞠める。

「止しとくれよ！　あたしはまだ二十九だよ」

「だから、三十路近くと言ったじゃありやせんか」

正蔵がそう言ったとき、厨のほうからおはまが入って来た。

「案の定、親分がお見えになっていたんですね。茶の間がやけに賑《にぎ》やかになったもんだから、きっとそうだろうと思っていましたよ。はい、カステラ芋《いも》……。小中飯にどうかと思いましてね」

おはまが手にした盆から、カステラ芋の入った皿を配って歩く。

「カステラ芋？　なんでェ、そいつァ……」

友七が皿を目の高さまで上げ、しげしげと見入る。

「甘藷《さつまいも》ですよ。ただ蒸《ふ》かすのじゃ芸がないと思いましてね。オランダ菓子風に焼いてみたんですよ」

「オランダ菓子だって？　じゃ、カステーラとかいう？　へえェ、こんなものが作れるとは、おはまも大《てえ》したもんだ」

お葉がそう言うと、おはまが照れ臭そうに頰を弛める。

「それが簡単なんですよ。擂《す》り下ろした甘藷に片栗粉と砂糖、卵を加えて玉子焼の要領で焼き、煎《い》り胡麻《ごま》を振っただけなんですもの……。あっ、そうそう、この間の蓮餅の美味しかったこと！　お文さんにお礼を言っていたと伝えて下さいね」

友七はとほんとした。

「蓮餅？　なんでェ、そりゃ……」

「嫌だ、親分も食べたんだろう？　この間、お文さんが珍しく小中飯を作ってみたと持って来てくれた、あの蓮餅だよ！」

お葉がそう言うと、友七は怪訝そうに首を振った。

「いや、俺ャ、食ってねえ……。第一《でえいち》、そんなもの、見たこともねえや！」

お葉とおはまが顔を見合わせ、ぷっと噴き出す。

「嫌だ……。お文さんたら、あんまし上手《うま》く出来たもんだから、あちこちに配り、親分の口に入る蓮餅を残しておかなかったんだ！」

「ええ、きっとそうですよ」

友七が幼児のように頬を膨《ふく》らませる。

「お文の奴……。糞《くそ》ォ！　あの女《あま》、覚えとけよ。食い物の恨みは怖《こえ》ェってことを思い知らせてやっからな！」

「親分、怒らない、怒らない！　あたしだって、たまにそういうことがあるんですよ。上手く出来たのを自慢したくって、あちこちにお裾《すそ》分《わ》けをしていたら、肝心の亭主の口に入る分がなくなっちまったってことが……」

おはまの言葉に、今度は正蔵が目を丸くする。

「えっ、そうなのか！」

「なんだえ、大の大人が二人して……。はいはい、じゃ、親分のために次はあたしが蓮餅を作って差し上げますからね。さっ、機嫌《きげん》を直して、カステラ芋をお上がって下さいな！」

おはまはくくっと肩を揺すると、厨に戻って行った。

「ところでよ……」

友七はカステラ芋を平らげると、改まったようにお葉に目を据《す》えた。

お葉が友七の湯呑に二番茶を注《つ》ぎながら、えっと首を傾げる。

茶の間に入って来たときの友七の面差しから、何かあると思っていたが、やはり胸に一物《いちもつ》を抱えていたようである。

「伊佐治《いさじ》がご赦免《しやめん》になり、島から帰ってくることになってよ……」

お葉は咄嗟《とつさ》に、伊佐治……、伊佐治……、はて誰だったっけ……、と首を傾げた。

すると、正蔵が、えっ、みすずのおとっつァんが？　と甲張った声を上げる。

「ええっ、みすずのおとっつァんが戻って来るって？」

お葉はあっと息を呑んだ。

「ご赦免って、じゃ、大手を振って戻って来られるんだね？」

「ああ、なんでも恩赦《おんしや》があったとかで、此度は島での行跡《こうせき》のよかった者十名に特赦があったらしくてよ。伊佐治もその中の一人に加えられた……」

「まあ、それは良かったじゃないか！　みすずが聞いたら、さぞや悦《よろこ》ぶことだろう。もう二度と逢うことは出来ないと思っていたんだもんね」

お葉が目を輝かせる。

が、正蔵は喉《のど》に小骨が刺さったかのような顔をして、いや、単純に悦んでばかりもいられねえんじゃ……、と眉根を寄せる。

「だろう？　それで俺も困じ果ててよ」

友七が相槌《あいづち》を打つ。

「ちょいとお待ちよ！　二人とも何を躊躇《ためら》ってるんだえ？　恐らく、みすずが文哉《ふみや》さんの養女になったことを案じているんだろうが、そのことは親分が八丈島《はちじようじま》に文を出し、伊佐治さんに了解を得ている……。ねっ、そうなんだろう？　親分……」

お葉が友七を睨めつける。

「ああ、確かにそうなんだが、あの時点では、誰も伊佐治がこんなに早く戻って来られるとは思っていなかった……。伊佐治だって二度と娑婆《しゃば》には戻れねえと思っていただろうし、みすずとて同様だ……。それなのに、みすずが文哉の養女となってまだ一年しか経《た》たねえというのに、こんなに早くご赦免になるとは……」

友七がそう言うと、正蔵も頷く。

「そうなんですよ。みすずは元々親思いの娘《こ》だから、おとっつァんが娑婆に戻って来ると知り、このまま放っていられるだろうかと思っててよ……。だってそうでやしょ？　みすずは料亭千草《ちぐさ》の花《はな》の養女となり、現在《いま》じゃ、女主人の文哉さんに可愛がられて何不自由のねえ立行《たちいき》をしている……。みすずの性分《しょうぶん》から思うに、伊佐治に対して、自分だけが幸せに暮らすことを申し訳ねえと思うのじゃねえかと……」

「じゃ、何かえ？　二人とも、みすずがおとっつァんを一人にしておけないからと、あんなに世話になった文哉さんに後足で砂をかけるようなことをするっていうのかえ？　そんな莫迦なことって……。それじゃ、目の前でおっかさんに自害され、二度と立ち上がれないほどに疵ついたみすずに手を差し伸べてくれた、文哉さんに対して済まないじゃないか……。みすずはそんな恩を仇《あだ》で返すような娘じゃないからね！」

お葉は思わず甲張ったように鳴り立てたが、胸の内は不安で押し潰されそうになっていた。

友七や正蔵が言うように、みすずは心根《こころね》の優《やさ》しい親思いの娘なのである。

十二歳のときに父親《てておや》の伊佐治が幇間《ほうかん》（太鼓持《たいこも》ち）の豆太《まめた》に怪我《けが》を負わせた咎《とが》で八丈島に遠島になってから、みすずは周囲《まわり》の者の厚意《こうい》に縋りながらも十二の娘に出来ることならなんでも熟《こな》し、病の母親の世話をしてきたのである。

伊佐治は腕のよい瓦《かわら》職人だったが、棒鱈《ぼうだら》（酩酊《めいてい》状態）となった豆太が町娘に絡《から》み、力尽くで出逢茶屋《であいぢゃや》に引きずり込もうとしたところに通りすがり、止めに入って揉《も》み合《あ》いの末、豆太が振り回した匕首《あいくち》で逆に豆太の腹を刺してしまったのである。

幸い、豆太は生命《いのち》に別状がなかったが、この日、伊佐治も棟上《むねあ》げの祝酒でほろ酔い気分とあり、どうやら周囲《まわり》の目には糟喰《かすくらい》（酒飲み）の女ごを巡《めぐ》る喧嘩沙汰《けんかざた》と映ってしまったようで、豆太を刺した伊佐治だけがお咎めを受けることとなったのである。

二人の揉み合いが始まると、町娘が懼れをなして姿を消してしまい、娘を助けるためだったという伊佐治の供述を肯定《こうてい》する者がいなかったのが禍《わざわい》したのであろう。

おまけに口綺麗《くちぎれい》（綺麗事）だけは誰にも引けを取らない男芸者の豆太と違い、元来口重《くちおも》（口下手）なうえに証言してくれる娘が姿を晦《くら》ましてしまったとあり、本来喧嘩《けんか》両成敗《りょうせいばい》であるべきところが、伊佐治だけが割を食う羽目になったのである。

伊佐治を冬木町《ふゆきちょう》の瓦職黒一《くろいち》に斡旋《あっせん》したのは日々堂で、当時まだ健在だった甚三郎は、いかになんでも遠島とは科刑《かけい》が重すぎると奉行所に直訴《じきそ》したが、結句、聞き届けてもらうことが出来ずに、伊佐治は流人《るにん》となってしまったのだった。

そうして三年後、みすずが十五歳のときである。

みすずが出先から戻ってみると、胸を病《や》んで長患《ながわずら》いだったみすずの母おぎんが、自ら喉に包丁を突き刺し、蒲団《ふとん》の上に突っ伏していた。

みすずは慌てておぎんの喉から包丁を抜き取った。

と、その刹那、喉から血が噴き出して、それが原因《もと》でおぎんは果《は》てることになったのである。

「あたし……、あたし……、使い走りから戻ってみると、おっかさんが蒲団の上に突っ伏していて……。慌てて抱え起こしたら、喉に包丁が刺さっていたの。それで、とにかく、包丁を抜き取らなきゃと思って引き抜いたら、血が噴き出して……。けど、そこに隣のおばちゃんがやって来て、ギャアッと叫んだかと思うと、みすず、おまえ、おっかさんに何をしたんだえって大声を上げて……。あたし、包丁を抜いただけなのに……。あァん、あァん……。抜いただけなのに……」

みすずは駆けつけた友七やおはまの前で、おいおいと声を上げ、泣き続けた。

傍目には、みすずが包丁を手に、血飛沫《ちしぶき》を浴《あ》びて母親の上に屈《かが》み込んでいたのだから、どう見ても、みすずがおぎんを殺《あや》めたとしか思えない。

が、おはまはみすずは嘘を吐いていないと確信するや、俺もみすずの話を信じてェのはやまやまなんだが、と苦渋《くじゅう》に満ちた顔をする友七の前で言い切った。

「信じたいのなら、信じりゃいいだろ！　考えてもごらんよ。十五の娘が他人《ひと》に頼らず、病のおっかさんを抱えて夜の目も寝ずに我勢《がせい》してきたんだよ。親思いの、こんな出来た娘がどこにいようかよ。そのみすずが母親を殺めるなんて、そんなことがあるわけがない！」

そして、親思いだからこそ、いっそのやけ、病のおっかさんを楽にしてやろうと、心を鬼にして殺めたとも考えられる、と言う下っ引きの波平には、

「下っ引きのくせして、利《き》いたふうな口を叩くもんじゃないよ！　みすずは違うと言ってるじゃないか！」

と、どしめいたのだった。

結句、この件は、おぎんが死ぬ気で包丁を喉に突きつけたが掻き切るだけの気力がなく、包丁を首に当てたまま蒲団に前のめりに倒れ、そこに出先から戻ってきたみすずが慌てて包丁を抜き取り、それが原因《もと》で、おぎんが生命《いのち》を落とすことになった

……、ということになった。

「あたし……、あたし……、あたしのせいで、おっかさんが死んじまったって……。そんなの嫌だァ……」

みすずはおぎんの身体にしがみつき、ごめんよ、堪忍《かんにん》え……、と泣きじゃくった。

そうして、自身番や裏店《うらだな》の連中の手で通夜《つや》、野辺送《のべおく》りの準備が調《ととの》えられる最中《さなか》も、みすずはおぎんの傍から離れることなく、終始、唇をきっと嚙み締めていた。

「なんて気丈な娘なんだろう。通夜、野辺送りを徹《とお》して、涙ひとつ見せなかったんだもんね」

野辺送りを済ませて日々堂に戻って来たお葉は、正蔵、おはまを交《まじ》えてみすずの身の振り方を話し合った。

「いえね、あれでも最初《はじめ》は泣いていたんですよ。けど、喉から包丁を抜き取ったのが原因《もと》で、母親が出血死したのではなかろうかという話を聞いてから、みすずの心が凍《こお》っちまったんですよ。おっかさんを死なせたのは自分だとね……。そうではない、おまえのせいじゃないと親分やあたしが言っても、あの娘《こ》、自分を責め続けていてね……。不憫《ふびん》でさァ」

おはまはそのときのことを思い出し、溜息《ためいき》を吐いた。

おはまがみすずのことを案じるのも無理はない。

みすずは野辺送りを済ませてからも、権兵衛店《ごんべえだな》から離れたがらなかったのである。

今後のことを考え、どこか住み込みの奉公先を見つけたほうがよいのではないかと勧めるおはまに、みすずは、あたし、怖い……、と言った。

「怖い？　いったい、何が怖いのさ」

「もし、あたしがおばちゃんの言うようにしたら、新しい環境にすぐに馴染《なじ》んでしまい、おっかさんのことを忘れてしまうんじゃないかと思って……」

「忘れるわけがないじゃないか！　おっかさんはみすずがどこにいようとも、常に、心の中にいる……。目には見えなくても、みすずの身体の中にすっぽりと入ってくれたんだよ」

「そうじゃないの、違うの！　おっかさんが病で死んだのなら、あたしもそう思うかもしれない。けど、あんな死に方をさせてしまったんだ……。あたし、自分が許せない！　おっかさんに死を選ばせてしまったのは、あたしに足りないところがあったからだし、あたしが包丁を引き抜いたから、あのとき、まだ生きていたおっかさんを死なせることになってしまったんだもの……。だから、あたしはおっかさんが亡くなったこの部屋から逃げちゃいけないの！　こうして、毎日、板間を水拭きして、ごめんね、ごめんね、と謝り続けなきゃならないの。他の場所に移ったら、それが出来なくなるし、そうして、そのうち自分の罪を忘れちまう！　決して、決して、そんなことをしちゃならないんだ！」

「みすず、莫迦なことを言うもんじゃない。おっかさんが死のうとしたのは、みすずにもうこれ以上の迷惑をかけたくなかったからなんだよ。自分の看病のために、娘盛りのおまえを縛《しば》りつけてはならない、おまえを自由にしてやらなければと思い、それで、おっかさんは死を選んだ……。それにね、喉から包丁を抜いたから、おっかさんは死んだのじゃないんだよ。あのままだっていずれ死んでいただろうし、名医といわれる立軒さまにだって、あの状態のおっかさんは救えなかった……。おっかさんね、みすずを思って死んでいったんだ。おまえを自由にしてやろうと思ってね。あれは、おっかさんに出来る最期の贈物だった……。それなのに、おまえがその心を受け取らないでどうする！　いじいじと、そうして板間を水拭きしていたって、おっかさんは悦んじゃくれないよ。むしろ、哀《かな》しむってもんだ！」

「おっかさんの最期の贈物……」

「そうだよ。おっかさんの気持を受け取ってやんな」

みすずはワッと声を上げ、板間に突っ伏した。

「もし、おっかさんがそう思っていたのなら、やっぱり、あたしのせいなんだ……」

「……」

おはまにはみすずの言葉の意味が解らなかった。

「みすず、いったい、どうしたのさ！」

「だって、決して、あたしは母親思いの出来た娘じゃなかったんだもん！　口には出さなかったけど、これまでに何度、いっそ死んでくれたらと思っただろう……。豆太さんにおっかさんの薬料《やくりよう》（治療費）や店賃《たなちん》を脅《おど》し取られたときも、手間賃仕事が捗《はかど》らなかったときも、眠い目を擦《こす》りながら夜なべ仕事をしたときも、そう思った……。あたしだって綺麗な着物《べべ》を着てみたい、たまには美味しいものを腹一杯……」

おはまはみすずの身体をギュッと抱き締めた。

「もういい、もういいんだ、言わなくても……。みすずの気持は解ったからね。みすずが悪いんじゃない！　それは誰しもが思うことでさ。やっぱり、みすずは母親思いの優しい娘なんだよ。だから、胸を張っていいんだ！　おっかさんの気持を有難く受け取って、さっ、明日からは新しい人生だ。いいね？　解ったね？」

おはまとみすずの間で、そんな会話がなされたのである。

ところが、まるで計《はか》ったかのように、文哉が熊井町《くまいちよう》に居抜《いぬ》きの貸《か》し見世を見つけたので小料理屋を開こうと思う、ついては、お運びや下働きといった小女《こおんな》を日々堂で斡旋してほしいと言ってきた。

文哉はお葉の父嘉次郎《かじろう》の手懸《てかけ》だった女ごで、自分の存在がよし乃屋《のや》一家の幸せに水を差すと知り、自ら身を退き深川から去って行ったが、その後、筆舌《ひつぜつ》に尽くしがたい身過《みす》ぎ世過《よす》ぎをして、やっと居酒屋の一軒でも出せるだけの金を貯《た》めて、久方ぶりに深川に戻ってきたという。

文哉は深川に戻って初めてよし乃屋が身代限りになったことや、嘉次郎が首縊《くびく》りして果てたことを知ったのである。

お葉はなぜかしら文哉に親近感を覚えた。

自分のことしか考えなかった母久乃《ひさの》よりも、文哉のほうがお葉により近いように思えたのである。

文哉はよし乃屋が身代限りとなってからのお葉の来《こ》し方《かた》を聞き、素直に頭を下げた。

「ごめんよ。済まなかった……。結句、あたしがおまえたち家族の運命を狂わせちまったんだね……。けどさ、どんなに罵《ののし》られようと構わない。あたし、旦那に、嘉次郎さんに出逢っちまったんだもの。出逢っちまったから、惚れちまった……。ううん、現在《いま》でも惚れている！　これから先もずっと……。あれから流れの里に身を落とし、あたしの身体を何人の男が通り過ぎていっただろう。けど、後にも先にも、あたしには、あん男《ひと》ほど、愛《いと》しい男《ひと》はいなかった。これが、宿世《すくせ》の縁《えにし》なのかもしれないと思ってさ。ウッウウ……。許しておくれ。どんなに誹《そし》られようと、蔑《さげす》まれようと、あたしの心からあん男《ひと》を追い出すわけにはいかないんだよ……」

お葉には、文哉の気持が痛いほどに解った。

文哉が嘉次郎を想う気持と、お葉が甚三郎を想う気持には、少しも違いがないのである。

どんなに誹られようと、蔑まれようと……。

以来、文哉とは実の姉妹のような関係となっていた。

その文哉が、黒江町とは目と鼻の先の熊井町に見世を持とうというのである。

こんなめでたいことはない。

しかも、みすずに打ってつけの奉公先まで提供してくれようというのである。

お葉はみすずの身に起きたことを話した。

文哉は神妙な顔をして聞いていたが、みすずが母親の死を自分のせいだと思っていると聞くと、突如、胸の間《あわい》から懐紙《かいし》を取り出し、ウウッと鼻を押さえて噎《むせ》び泣いた。

「ごめんよ。つい、あたしの子供時代を思い出しちまってさ……。先《せん》にも話したと思うが、あたしの実家《さと》は安房《あわ》の海とんぼ（漁師）でさ。貧乏人の子だくさんを絵に描《か》いたような家に育ったもんだから、何かといえば、長女のあたしが犠牲を強《し》いられてさ。母親が一番下の弟を産んで間なしに体調を崩し、以来、寝たきりとなったもんだから、十歳になるやならない頃から、あたしが母親の看病から弟や妹の世話と、家事一切《いっさい》を背負うことになってさ。おとっつァんは根っからの海とんぼで、家のことは何ひとつやろうとしない……。それどころか、漁から戻ると、どろけん（酩酊状態）になっては、あたしの家事のやり方が気に食わないと喚《わめ》き散らすし、あたし、いい加減くたびれていたもんだから、あるとき、父親《てておや》と遣り合ってさ……。おっかさんが病になんかなるから悪いんだ、おっかさんのせいであたし一人が辛い想いをしなきゃなんないって、大声でどしめいたんだよ。あたしって、なんて莫迦なんだろう……。決して言ってはならないことを、つい、口走ってしまったんだよ。翌朝、目が醒《さ》めてみると、おっかさんの蒲団は空《から》っぽ……。海に身を投じてしまったんだよ。そうなんだよ。あたしは疲れ果てて泥《どろ》のように寝込んでいたし、おとっつァんは酔っ払っていて、誰もおっかさんが蒲団から抜け出すのに気づかなかった……。それからというもの、あたしはずっと重責を背負い、罪の意識の中に生きてきた……。現在《いま》も、罪悪感は拭えない！　おっかさんを死に追いやったのは、このあたしなんだと……」

文哉はみすずに起きたことを我がことのように思い、快く引《ひ》き請《う》けることに決めたのである。

ところが、みすずが千草の花の小女となってわずか二月《ふたつき》後、文哉がみすずを養女に迎えたいと言い出したのである。

恐らく、みすずと同じ身の有りつきのおてるが、葉茶屋問屋米倉《よねくら》のお端女から養女に直されたことに触発されたのであろうが、文哉も四十六、七歳……。

先行きを考えれば、後継者のことを考えても不思議はない。

みすずにしても伊佐治がいつご赦免になるか判らないのであるから、この話は願ってもないこと……。

文哉と寝食を共にするようになり、一人でいることより、支え合って生きていくことの悦びを身をもって知ったとみえ、みすずも素直に悦んだ。

伊佐治には友七が文にて知らせ、伊佐治からは、娘に父親《てておや》らしいことを何ひとつしてやることが出来なかったが、これでみすずが幸せになれると思うと感謝の気持で一杯だ、と返書が届いていた。

あのとき、お葉は確認の意味で友七に訊ねた。

「伊佐治さんがご赦免になるってことはないのかえ?」

「さあて……。そいつばかしは俺にも判らねえ。が、まっ、仮に、ご赦免になって伊佐治が戻ってくるようなことがあっても、陰から見守るだけで、まかり間違っても、みすずの幸せを邪魔立てするようなことはしねえさ。俺は伊佐治のことをよく知っているが、あいつはそういう男だからよ」

友七がそういうと、文哉はお葉も驚いたほどあっけらかんと答えたのである。

「なに、みすずの前におとっつァんが現れたって構わないさ！　そのときは、伊佐治さんもあたしが面倒見ようじゃないか」

さすがは競肌《きおいはだ》(勇み肌)の文哉……。

「あたしはここまで来るのに、さんざっぱら、辛酸《しんさん》を嘗めてきたからね。互いに臑《すね》に疵を持つ身だもの、支え合い、疵を嘗め合って生きていくさ！」

あのとき文哉はそう言い切ったのである。

とはいえ、それは一年ほど前のことである。

今思えば、あのとき文哉にそう言わせ、伊佐治のご赦免を漠然《ばくぜん》としてしか捉《とら》えようとしなかったのは、仮にそんなことがあっても、それはずっと先のことだろうと思っていたからに違いない。

現在《いま》、何よりも懸念《けねん》されてならないのは、大人の文哉には少なからず覚悟が出来ていたとしても、このことで十七歳のみすずの心が揺れはしないかということ……。元々、親思いの娘で、しかも多感な年頃とあっては、どうしても危惧しないではいられない。

お葉はしばし考え込んだが、つと顔を上げた。

「だが、みすずにどう伝えればいいんだろう……」

友七と正蔵は太息《ふといき》を吐くと、頷き合った。

「今宵《こよい》、千草の花を覗いてくることにしよう。そこでだ、お葉……」

友七がお葉に目を据える。

「呑込山《のみこみやま》の寒烏《かんがらす》！　あたしについて来いってことなんだろう?」

お葉が目弾《めはじき》してみせる。

友七は安堵《あんど》したかのように、ふうと息を吐いた。

その夜、お葉は友七と示し合わせ、夕餉を済ませてから千草の花に向かった。

文哉やみすずとゆっくり話をするためには、そのほうがよいと判断したからである。

「相済みません。今宵はもう看板で……」

友七が暖簾《のれん》を搔き分けると、入口側の長飯台《ながはんだい》の上を片づけていた小女のおはんが、人の気配に気づいて背を返し、あらまっ、親分じゃないですか、それに日々堂の女将さんも……、と驚いたように目をまじくじさせた。

その顔は、一見《いちげん》客ならともかく、千草の花は五ツ半（午後九時頃）が山留《やまどめ》（閉店）と知っているではないかといった顔である。

「ごめんよ。客じゃないんだ。ちょいと文哉さんとみすずに用があってね。いいかえ?」

お葉が気を兼ねたように言うと、おはんは首を竦めた。

「嫌だ、あたしって……。早とちりしちまって……。お待ち下さいね。今、呼んで来ますんで……」

おはんが板場の奥へと入って行く。

「まあ、女将さん、おいでなさいませ！」

板場からみすずが盆を手に出て来る。

盆の上に丼鉢が並んでいるところを見ると、どうやら、これから店衆の夜食のようである。

「これから夜食というのに邪魔をして悪いね。けど、どうしても、今宵のうちに話しておきたいことがあってね」

お葉がそう言うと、奥から文哉が姿を現した。

「おや、お葉さん。それに親分までが雁首《がんくび》を揃《そろ》えて、いったいどうしたのさ！」

「済まねえな。ちょいとおめえとみすずに言っておかなきゃならねえことがあってよ」

友七がそう言い、奥を指差す。

母屋《おもや》で話せないかという意味であろう。

「話？　ああ、いいよ。じゃ、この間みたいにあたしとみすずは母屋で夜食を食べることにするが、親分やお葉さんはどうする？　こんな時刻に訪ねて来たってことは夕餉を済ませたってことなんだろうから、ちょっとした肴《さかな》を仕度させるんで一杯どうかえ？」

文哉の言葉に、友七がへへっと舌なめずりをする。

「飯を食ったばかりで腹中満々《ふくちゅうまんまん》なんだが、酒と聞いちゃ断るわけにはいかねえだろ

「親分！　なんだえ、今宵はまじめな話で来たというのに……。じゃ、一杯だけだよ」

うな……」

「あいよ！　お安いご用だ。みすず、板頭《いたがしら》に言って、何か適当に見繕《みつくろ》ってもらっておくれ。じゃ、二人とも奥へどうぞ！」

お葉がめっと友七を目で制す。

文哉が先に立ち、板場脇を通り奥の母屋へと案内する。

千草の花の母屋に通るのは、お葉の母久乃が病の床に臥《ふ》していると聞き、逢いに行くべきかどうか相談に来たとき以来である。

あのときも友七と一緒だったが、此度はお葉自身のことではなく、文哉とみすずに関わることである。

そのためか、あのときに比べて、どこかしら気が重かった。

というのは、あのときは相談といってもすでにお葉の腹は決まっていて、文哉のひと言に背中を押してもらいたかっただけなのである。

が、これが他人《ひと》のこととなると、相手がどんな反応を見せるのか、今ひとつ摑めない。

案外、伊佐治がご赦免になったことをすんなりと受け止めてくれるのか、それとも、今後の対応に頭を悩ませるのか……。

友七もそう思ったからこそ、お葉に同行を求めたのであろう。

「で、あたしとみすずに話って、いったいなんだえ？」

文哉はお葉たちに坐るようにと促《うなが》すと、じわじわと押し寄せる不安を払うかのように、取ってつけたように頬に笑みを貼りつけた。

そこに、みすずが入って来る。

みすずはお葉と友七の間に膳を置くと、猫板の上に賄《まかな》いの丼鉢を置いた。

丼鉢の中身は吹寄飯《ふきよせめし》のようである。

そして、お葉たちの膳には、赤貝と分葱《わけぎ》の酢和《すあ》えと銚子《ちようし》二本……。

「いつ見ても、ここんちの夜食は豪華版だな！　なんでェ、そいつァ……」

友七が物珍しそうに丼鉢を覗き込む。

「これ？　ああ、吹寄飯だよ。一見馳走《ちそう》に見えるだろう？　ところがなんてことはない、ご飯の上に錦糸玉子《きんしたまご》や芹《せり》、甘辛く煮付けた油揚《あぶらあげ》を載《の》せただけなんだよ。あっ、味見してみるかえ？」

「てんごうを！　おめえの喉締《のどし》めをしてどうするってか……。いいから、俺たちに構わず食ってくんな。俺ャ、酢和えを肴にちびちびやらせてもらうからよ」

「なんだか、親分の話を聞かないうちは、ものがすんなりと喉を通らなくてさ……。みすず、おまえはお上がり」

文哉に言われて、みすずが慌てて首を振る。

「あたしも……」

「そうだよね？　親分、いいから、とっとと話しておくれよ」

文哉が友七を睨めつける。

友七は手酌で酒を呷《あお》ると、改まったように文哉とみすずに目を据えた。

「みすずのおとっつァんのことなんだが、この春の特赦で、娑婆に戻って来ることになってよ……」

友七がそう言い、上目《うわめ》にみすずを窺う。

あっと、みすずがと胸を突かれたように目を瞠《みは》った。

そして、そろりと文哉に視線を移す。

「ちょっと待っておくれよ！　あんまし出し抜けなもんだから俄《にわか》に信じられないんだけど、伊佐治さんが戻って来るんだって？」

文哉が上擦《うわず》った声を出す。

「ああ、俺も今日通達をもらってよ。至急、請人《うけにん》を探せということなんだが、身内はみすず一人でまだ十七歳だ。それによ、伊佐治があんなことになるまで世話になっていた黒一の親方に頼むといっても、黒一じゃ縄付《なわつき》を出したというだけで肩身の狭《せめ》ェ思いをしてきたんだ。あれから四年半……。やっと此の中ほとぼりが冷めたというのに、今さら伊佐治を引き請けるとは考えられねえからよ……。そこで、ものは相談なんだが、文哉、おめえが請人になってくれねえかと思ってよ。いや、請人といっても形だけで、何も伊佐治を千草の花で雇《やと》ってくれと言ってるんじゃねえ……。あいつにゃ瓦職人としての腕があるからよ。そのうち、事情を納得したうえで伊佐治を雇ってもよいという瓦屋を探すつもりなんだ。が、おめえが引き請けられねえというのなら、お文という手も……。おっ、そうか！　その手があったんだよな。公《おおやけ》には十手《じって》持ちの俺は請人になれねえが、お文は古手屋を営《いとな》んでいるんだから、あいつを前面に出してもいいってことか……」

友七が目から鱗《うろこ》が落ちたような顔をすると、お葉が続ける。

「あたしが引き請けたっていいんだよ。男衆の多い日々堂が請人なら、世間に通りがいいだろう？」

文哉はフンと鼻で嗤《わら》った。

「てんごう言うのも大概にしておくれ！　みすずはあたしの義娘《むすめ》だ。そのみすずのおとっつァんが戻って来るというのに、あたしが請人にならないでどうすんのさ。ああ、よいてや！　なってやろうじゃないか、請人に……。ねっ、みすず、それでいいよね？」

文哉がみすずに目まじする。

が、どうしたことだろう、みすずは俯いたままで顔を上げようとしない。

「みすず、どうした？　その顔はなんだえ……。嬉しくないのかえ？　やっと、おとっつァんが島から戻ってくるんだよ」

文哉が訝しそうにみすずの顔を覗き込む。

お葉の胸をじわじわと重苦しいものが包み込んでいった。

ああ……、懸念していたことが……。

みすずは嬉しさ半分、こんなに早く父親《てておや》が戻ってくると思っていなかったので、文哉の養女となった現在《いま》、父親《てておや》にどう対応すればよいのか逡巡《しゅんじゅん》しているのではなかろうか。

「あたし……、あたし……」

みすずが鼠鳴《ねずみな》きするような声を出す。

「莫迦だね、みすずは……。おまえ、あたしの義娘《むすめ》になったもんだから、おとっつァんに済まないとでも思っているんだろう？　おまえが気を兼ねることはないんだ！　伊佐治さんにはちゃんとおまえを養女にすることを伝えてあるし、伊佐治さんからも了解したと返書を貰っているんだからね。だから、何も気にしなくていいんだよ。おまえも聞いただろうが、伊佐治さんの請人にはあたしがなる。それはかりじゃない……。伊佐治さんさえよければ、ここで一緒に暮らしてもいいんだからさ！」

文哉はみすずにそう言うと、意を決したように友七を瞠めた。

「親分、あたしは決めたよ！　伊佐治さんをうちで引き請けようじゃないか。請人としてだけでなく店衆の一人として迎えるってことさ。それなら、みすずもおとっつァんのことを気にせずに済むし、伊佐治さんもみすずの傍にいられて安心だろうからさ。ねっ、よい考えだと思わないかえ？」

お葉は慌てた。

「文哉さん、そんなことを言っても、千草の花に伊佐治さんのする仕事があるかえ？　包丁を握ったことなんてないんだよ」

文哉は首を傾げたが、けろりとした顔で言った。

「確かに……。なに、板前にならずとも、仕事ならいくらでもあるさ」

「おいおい、伊佐治に下働きの仕事でもやらせようって気か？　そいつァ駄目だ！　考えてもみな？　娘のみすずは、千草の花の養女なんだぜ？　そりゃ、現在《いま》している ことは小女とさして変わりがねえが、先々はおめえのあとを継いで千草の花の女将になる女ごに違《ちげ》ェねえ……。それなのに、そのおとっつァんが下男というんじゃ、いかに島帰りといっても、伊佐治も心穏やかじゃねえだろうからよ……。それによ、伊佐治という男は根っからの職人なのよ。土を捏《こ》ねたり焼いたりと、どちらかといえば、そういう日向臭《ひなたくせ》ェ仕事が見合ってるのよ。やっぱ、ここは俺の言うとおりにするんだな。すぐのすぐにとはいかねえかもしれねえが、そのうち、俺があいつに見合った奉公先を見っけてくるからよ。まっ、伊佐治の身の振り方が決まるまでここで預かるというのなら、俺も異《い》を唱《とな》えるつもりはねえが……」

友七が仕こなし顔に諄々と諭す。

お葉も相槌を打つ。

「そうだよ。親分がいうことは理道に合っている！　伊佐治さんの引請先が決まるまでのしばらくの間、ここで父娘《おやこ》として睦まじく過ごすのは構わないが、文哉さん、忘れちゃならないよ！　みすずはおまえさんの義娘《むすめ》だが、伊佐治さんとは他人ということを……」

お葉がそう言うと、それまで俯いていたみすずがウウッと声を上げ、肩を顫わせた。

どうやら泣いているようである。

「みすず、おまえ……」

文哉が驚いたように、みすずの肩に手をかける。

「あたし、おとっつァんに逢ったら、どう謝ればいいのか……」

みすずが声を顫わせる。

「謝る？　なんでおまえが謝らなきゃならないのさ」

「だって、あたし、おっかさんにあんな死に方をさせちまった……。おとっつァんはおっかさんが病なのは知ってたけど、あんな死に方をしたってことは知らず、きっと、病で死んだと思ってるんだ。それなのに……、それなのに……」

みすずは堪《たま》りかねたように両手で顔を覆《おお》った。

「莫迦なことを言うもんじゃない！　みすずはよく看病したじゃないか。それに、十二や十三の娘が生活《たつき》を支えようと、おまえに出来ることならなんでもして我勢してきたことは誰でも知っている……。おとっつァんから感謝されても、おまえが謝らなきゃならないことなんて何ひとつないんだからね。さあ、顔をお上げ！」

文哉が愛しそうにみすずの背を擦《さす》る。

が、みすずは首を振り続けた。

「違う！　やっぱり、あたしが悪いんだ……。あたしがついていて、おっかさんに死を選ばせてしまったんだもの……。それに、あたし……、心の中で、おっかさんさえいなければどんなに楽になれるだろうって、そう思ってた……。おっかさんはそんなあたしの気持に気づいたから、それで死のうと思ったんだ……。やっぱ、あたしがおっかさんを殺しちまったんだ……。それなのに、おっかさんが死んだらそのことを忘れ、あたしだけが幸せになろうとした……。おとっつァんのことも忘れてた……。ここでの暮らしがあんまし幸せで、あたし、島送りになったおとっつァんがいつか戻って来るってことを忘れてたの……。おとっつァんにおっかさんのことをどう伝えたらいいんだろう……。ああ、おとっつァんに合わせる顔がない！　あたし、どんな顔をして、おとっつァんに逢えばいいんだろう……」

文哉がさっと手を差し出し、みすずの顎《あご》を上げさせる。

「みすず、あたしの目を見るんだ！　いいかえ、おっかさんはおまえの幸せを願い、悦んで死んでいったんだ。おまえが現在《いま》を幸せと思って、それのどこが悪い？　悪かァないんだ！　大手を振って、全身で幸せを嚙み締めればいいんだよ。おとっつァんだって、きっとおまえが幸せに暮らしていることを悦んでくれる。それが親ってもんでさ！　さっ、いいから涙をお拭き」

文哉が手拭《てぬぐい》でみすずの頬を拭ってやる。

お葉の胸にカッと熱いものが込み上げてきた。

文哉はもうすっかりみすずの母親なのである。

この女《ひと》に委せておけば大丈夫……。

お葉は胸の内で呟くと、友七に目をやった。

どうやら想いは同じ……。

行灯《あんどん》の灯を受け、友七の瞳が光っている。

千金の夜……。

どこかしら心寂《うらさみ》しくも、なんと、ほのぼのとした春の宵《よい》ではないか……。

眠れる花

お葉は夕餉《ゆうげ》の膳《ぜん》を下げに来た政女に声をかけた。

「どうだえ、少しは勝手仕事に慣れたかえ?」

政女は清太郎の箱膳を手許《てもと》に引き寄せると、戸惑《とまど》ったように曖昧《あいまい》な笑《え》みを返した。

「皆さんの足手纏《あしでまと》いになっていなければよいのですが……」

「足手纏いだなんて天骨《てんこち》もない! それはもう、よく気がついて……。おさとの抜けた穴を見事に埋めてくれて大助かりだよ」

おはまが正蔵の膳をおちょうに手渡しながら言う。

すると、おちょうもおはまに追従《ついじゅう》するかのように大仰《おおぎょう》に頷《うなず》いた。

「政女さんの仕事の速いことったら……。あたしなんか、一つことをしていたら他のことまで手が回らないってのに、政女さんは里芋の皮を剝《む》きながら煮染《にしめ》の味加減《あじかげん》を確かめたりと、無駄な動きを一切《いっさい》しないんだもんね」

「そりゃそうさ！　おちょうみたいにちんたらしてたんじゃ使い物にならないからね。少しは政女さんを見倣《みなら》っちゃどうだえ！　よくもまあ、そんなんで嫁に行こうと思うんだから、友さんもとんだ貧乏くじを引いたもんだよ」

おはまにひょうらかされ（からかわれ）、おちょうが剝《むく》れたように鼻の頭に皺《しわ》を寄せる。

「おっかさんたらなんていけずなんだえ！　あたしはこれでいいんだよ……。だって、友さんと祝言《しゅうげん》を挙げても、三度三度のご飯はこれまで通りここで摂《と》るんだからさ」

「これだよ……。おまえねえ、おとっつァんは先々宰領《さいりょう》（大番頭格）の座を友さんに譲《ゆず》るつもりなんだよ。てことは、勝手方《かってかた》を束《たば》ねるあたしもいずれはおまえに日々堂の厨《くりや》を託《たく》すってことになるのに、勝手方を預かる者がそんなんじゃや、他の女衆《おなごし》がついていけないだろうに！　いつまでも娘気分でいちゃ駄目なんだからね」

おはまが気を苛《いら》ったように言い、お葉が割って入る。

「おはま、そのくらいにしておきな！　おちょうだってそのうち自分の置かれた立場が解《わか》ってくるだろうからさ。現在《いま》は、おっかさんに甘えてるんだよ。いいじゃないか、甘えられるうちは甘えたって……。さっ、早く厨にお下がり。洗い物が山と溜《た》まってるんだろうからさ」

お葉に助け船を出され、おちょうと政女が厨に下がって行く。

おはまはその後ろ姿を見送ると、ふうと肩息《かたいき》を吐《つ》いた。

「まったく、あんなんじゃ先が思い遣《や》られるよ……。けど、政女さんは本当によくやってくれましてね。まだ自在に左肩が動かないんだろうに、懸命に痛みを堪《こら》えてさ……。作業に没頭していると辛《つら》さを忘れるとでも思っているんだろうが、なんだか、いじらしくてさ……」

「そうかえ……。あたしが少しばかり発破《はっぱ》をかけすぎたのかもしれないね」

お葉が眉根《まゆね》を寄せる。

「そんなことはありませんよ。辛さから立ち直るためには、荒療治も大事ですからね。ただ……」

おはまがちらと厨のほうを窺《うかが》う。

「ただ？　ただ、なんだっていうのさ」

「いえね、おせいが言うには、政女さん、日中はもうすっかり心身共に立ち直ったみたいに我勢《がせい》しているけど、夜分、蒲団《ふとん》に入ってから、毎晩のように啜《すす》り泣いているそうでしてね。おせいは隣で眠っているもんだから、声をかけるべきかどうか悩んでるって言うんですよ……」

「………」

お葉は息を呑《の》んだ。

甚三郎を失ったときのことを思い出したのである。

お葉の場合、甚三郎の死と同時に日々堂と清太郎を背負うことになり、日中はそれこそくしくししている余裕もなく女主人《あるじ》として立ち働いたのであるが、一日の仕事を終えて床《とこ》に入ると、胸の空隙《くうげき》をすっと冷たい風が吹き抜けていくようで、恋しさや寂《さみ》しさ、先への不安で、ワッと大声を上げて泣き叫びたくなったものである。

だが、隣の寝床には清太郎が……。

生《な》さぬ仲とはいえ、自分はこの子の義母《はは》なのである。

母親が涙を見せたのでは、まだ頑是《がんぜ》ない清太郎を不安に陥《おとし》いれてしまう……。

それで、お葉は衝《つ》き上げる涙と懸命に闘《たたか》ったのである。

政女の場合は、お葉のそれとはまた少し違うかもしれない。

政女は自分のせいで二人の男の運命を狂わせてしまい、呵責《かしゃく》に耐《た》えられないのではなかろうか……。

北里辰之助が胸を病《や》み余命幾《いく》ばくもない身であったとはいえ、政女が亭主の酒乱に堪《た》え忍んでさえいれば、谷崎総二郎に斬《き》り殺されることはなかったし、谷崎は澤村頼母から女仇討《めがたきう》ちの命を受けて北里に片脚を不自由にされることはなかったのである。結句《けつく》、それが原因《もと》で北里は不倶戴天《ふぐたいてん》の敵として谷崎から生命《いのち》を狙われることになったのである。

そして、宿怨《しゆくえん》を晴らした谷崎は、修羅《しゆら》の妄想《もうそう》から解《と》き放たれたかのように、入水《じゆすい》して果《は》てていった……。

すべてが政女の計り知れないこととはいえ、谷崎の宿意《しゆくい》の原因《もと》を作ったのは政女である。

自分のせいで、北里ばかりか谷崎までが生命《いのち》を落とすことに……。

あとで友七親分から聞いたところによると、谷崎が入水したと聞いて政女は全身でわなわなと顫《ふる》えたという。

お葉は友七が谷崎の死を政女に伝えたと聞き、カッと鶏冠《とさか》に来て鳴り立てた。

「なんだって！　じゃ、政女さんに谷崎が死んだことを伝えたっていうのかえ……。酷《ひど》いじゃないか、親分！　言わないと約束したのを忘れたのかえ？　ねっ、正蔵、おはま、おまえたちも親分があたしに約束したのを知っているよね？」

「ええ、親分は檜物町の親分には、斬られたのは政女さんが先で、しかも背後から斬りつけられたので賊《ぞく》の顔は見ていない、と説明しておくと言われましたよ」

おはまも業《ごう》が煮《に》えたような顔をして、友七に食ってかかった。

友七は困《こう》じ果てたように弁解した。

「ああ、確かに檜物町にはそう伝えたさ。だから、政女さんに溺死体《できしたい》の確認をさせても仕方がねえってことになったんじゃねえか……。そりゃ、政女さんなら溺死体が谷崎かどうか判《わか》る……。けど、政女さんが賊の顔を見てねえんじゃ、溺死体を谷崎かどうか確認させたところで意味がねえからよ。それで檜物町も納得してくれたんだが、俺《おり》ャ、よくよく考えて、やっぱ、政女さんは谷崎がもうこの世の男でねえことを知っておくべきだと思ってよ……。そりゃそうだろう？　谷崎がどこかで生きていると思えば、またいつ目の前に現れるかと政女さんが常に怯《おび》えてなきゃならねえ……。それより、辛《つれ》ェかもしれねえが、本当のことを知っていると、後々《あとあと》が楽だと思ってよ」

友七はそう言い、蕗味噌《ふきみそ》を嘗《な》めたような顔をした。

「確かに、親分の言うとおりかもしれねえ……。下手《へた》に労《いたわ》ったばかりに、後になってそれが徒《あだ》になるってこともあるからよ。それよか、現実を踏まえ、そこから立ち上がったほうがよいかもしれねえからよ……。それで、政女さんはなんと？」

正蔵が訊《たず》ねると、友七はよくぞ訊《き》いてくれたといった顔をした。

「それよ……。政女さんは唇まで色を失い、ガクガクと顫えていたが、しばらくして、よく教えて下さいました、今後は北里だけでなく谷崎さまの冥福《めいふく》も祈りましょう、と頭を下げた……。さすがは武家の女《おな》ご！　一本筋が通ってらァ……」

友七はそう言ったが、お葉には、政女の顔からやっと戻りかけていた笑みが再び消えたように思えてならなかった。

が、おさとの祝言が近づくにつれ、政女は極力明るく振る舞おうと努《つと》めるようになった。

「女将さん、明日より見世《みせ》に出させていただこうと思います」

おさとの祝言の前日、政女はそう申し出た。

「そうかえ、そうしてくれると助かるが……。けど、本当に大丈夫かえ？　無理して厨に入ることはないんだよ。しばらくの間は戸田さまと交替で代書だけすることにして、あとは使用人部屋で休んでいてもいいんだからね」

お葉の言葉に、政女は、いえ、それはなりません、日々堂に戻ればわたしは他の店《たな》衆《し》と同じです、特別扱いをされると心苦しいので、皆さんと同じようにしたいと思います、ときっぱりとした口調で言った。

「それに、現在《いま》は一刻も早く皆さんの輪に入りたくて堪《たま》りませんの」

政女はそう言い、吹っ切れたかのような笑顔を見せたのだった。

そうして、政女が日々堂に住み込むようになって一月《ひとつき》……。

政女はおはまに拾いものだったと言わせるほど、代書のない日は二六時中《にろくじちゅう》厨に立ち、きびきびと立ち働いているのだが、決して心の疵《きず》が癒《い》えたわけではないのである。

政女に心からの笑顔が取り戻せるのは、まだまだ先のこと……。

お葉は疵ついた心を癒すには、下手な慰《なぐさ》めや労りは禁物《きんもつ》ということを知っていた。

ごく普通に接すること……。

それは、実の父親《ておや》に鳥追《とりおい》として売られたおせいにも、解りすぎるほど解っていることだった。

だからこそ、蒲団を頭から被《かぶ》り忍び泣く政女に、声をかけるべきかどうか悩んでいるのである。

辛酸《しんさん》を嘗めた者にしか解らない、思い遣り……。

きっと、政女にも声を出さずに励ますおせいの声が聞こえていたに違いない。

大丈夫だよ。きっと、いつか立ち直れる……。

それはおせいだけでなく、お葉の言葉でもあった。

「そうかえ、おせいがそんなことをね……。おはま、この件には口を挟《はさ》むんじゃないよ。おせいに委《まか》せておけばいい。もちろん、あたしは聞かなかったことにするからさ」

お葉はそう言うと、ハッと清太郎に目をやった。

「清太郎、いつまで起きてるんだよ！　さっ、早く閨《ねや》に行くんだよ」

清太郎はえへっと肩を竦《すく》め、シマを抱いて隣室に駆けて行った。

永代寺門前町《えいたいじもんぜんちよう》は六助の担当である。

六助は四半刻《しはんとき》（約三十分）ほど鈴を鳴らしながら蓬萊橋《ほうらいばし》の袂《たもと》に立ち、佃《つくだ》や新地《しんち》から文《ふみ》を携《たずさ》えやって来る消炭《けしずみ》や遣手《やりて》の対応を終えると、永代寺門前町の配達に廻《まわ》った。

本日の配達は三通である。

一通は表通りの袋物屋、もう一通は新道《しんみち》の小間物屋、そうして残りの一通の宛名《あてな》を目にするや、六助の胸がきやりと高鳴った。

眠れる花……。

そろりと封書の裏を返してみる。

案《あん》の定《じよう》、差出人の名が記《しる》されていなかった。

つっと六助の脳裡《のうり》に、文を手に途方に暮れる蘇芳《すおう》の面差《おもざ》しが過《よ》ぎる。

毎月五日、同じような文を蘇芳に届けて半年が経《た》つ。

蘇芳は初めて文を届けた際、ご苦労さま、と爽《さわ》やかな笑顔をくれたが、二度目、三度目と回を重ねるごとにその顔が翳《かげ》るようになり、五回目に当たる前回は、六助の顔を見た途端《とたん》に色を失い、ものも言えなくなってしまったのである。

そして、此度《こたび》が六回目……。

だが、便り屋としては、文を預かったからには届けなくてはならない。

六助はまるで自分が悪者にでもなったかのような想いに忸怩《じくじ》としながらも、袋物屋と小間物屋の配達を済ませ、眠れる花のある裏道へと入って行った。

眠れる花とは組紐《くみひも》屋の屋号のことで、一見妾宅《しようたく》かと思える黒板塀を潜《くぐ》ると瀟洒《しようしや》な庭が広がり、花海棠《はなかいどう》、雪柳《ゆきやなぎ》、沈丁花《じんちようげ》といった庭木が四季折々に目を愉《たの》しませてくれるのだった。

ことに現在《いま》は花海棠が真っ盛りで、なるほど、眠れる花とはここから来たのか、と誰もが納得するのである。

花海棠の別名が眠れる花といわれるのは、楊貴妃《ようきひ》にまつわる故事《こじ》からきたという。唐《とう》の玄宗《げんそう》皇帝が酒に酔って微睡《まどろ》みから目覚《めざ》めた楊貴妃の艶《つや》めいた様子を、海棠いまだ眠り足らず、と花海棠に譬《たと》えたのが、花海棠の別名眠れる花の由来《ゆらい》といわれるが、俯《うつむ》き加減に咲く妖艶《ようえん》な花は、まさに傾国《けいこく》の美女を想わせる。

蘇芳がこの花を庭に植え、そして屋号が眠れる花……。

どこかしら意味深だが、蘇芳がここに組紐屋の看板を揚《あ》げたのが五年ほど前のことで、巷《ちまた》の噂《うわさ》では、深川に来るまでは五丁《ごちょう》（新吉原）で御職《おしょく》を張っていたという。

すると、蘇芳というのは、その頃の源氏名《げんじな》なのであろうか……。

とにかく謎《なぞ》の多い女ごだが、お端女《はした》を二人ほど置き、現在《いま》は日がな一日角台《かくだい》（組紐を組む台）の前に坐《すわ》っているという。

六助は初めて蘇芳を目にしたとき、稲妻に打たれたかのような衝撃を覚えた。

抜けるように白い肌はまだ走りの桃《もも》を想わせ、切れ長の心持ち目尻の上がった目、中高な面差《おもざ》し……。

恰《あたか》も喜多川歌麿《きたがわうたまろ》の美人画を目にしたようで、六助は文を渡す手が顫えたのを憶《おぼ》えている。

蘇芳の唇は、花海棠の紅《あか》……。

これほど、あの女《ひと》に見合った名があるだろうか……。

六助は蘇芳宛の文を手にする度に、胸がときめくのを禁じ得なかった。

が、どうしたことだろう……。

二度目、三度目と回を重ねるごとに、蘇芳が翳りの表情を見せるようになったのである。

せめて、言葉に出して何が原因《もと》なのか言ってくれればまだ救われるものを、蘇芳は顔色を変えるだけで何も言ってくれはしなかった。

まさか、俺が原因《もと》ってわけじゃや……。

六助は千々《ちぢ》に乱れる気持を抑え、黒板塀を潜った。

玄関先で訪《おとな》いを入れると、お端女が出て来て、六助の顔を見てあっと絶句した。

「ご新造《しんぞう》さんは？」

六助が奥にいるのかと目で訊ねる。

「ええ……。文はあたしが預かりますので……」

小菊《こぎく》というお端女が強引《ごういん》に文を受け取ろうとする。

どうやら、蘇芳を呼びに行くつもりはないらしい。

六助は躊躇《ためら》った。

小菊に手渡してしまえば、今日は蘇芳の顔が拝《おが》めない。

そんな莫迦《ばか》なことって……。

「あたしから渡しておきますんで、さあ、早く……」

小菊が気を兼ねたように言う。

それで、渋々《しぶしぶ》と小菊に文を手渡そうとしたそのとき、衣擦《きぬず》れの音がして奥から蘇芳が現れた。

「お待ち！　やはり、あたしが受け取ろうじゃないか」

六助の胸がコトンと音を立てた。

蘇芳は封書を手に裏を返すと、深々と息を吐いた。

見る見るうちに、面差しが翳っていく。

六助は居たたまれない想いに、ひょいと会釈《えしゃく》をすると、背を返した。

「じゃ、あっしはこれで……」

「兄さん、待っておくれよ……」

蘇芳の声に、六助がはっと振り返る。

蘇芳は傍《そば》に寄れと手招きすると、封書を解《ほど》き文をはらりと捲《めく》った。

いってえ、なにをしようというんでェ……。

六助は目を瞠《みは》った。

蘇芳が文を六助の前に突き出す。

「読んでごらん」

「えっ、あっしが？　そんな、滅相《めっそう》もねえ……。あっ、これは……」

六助は思わず目に飛び込んできた文字に、目を瞬《しばたた》いた。

一……。

三つ折りにされた紙の真ん中に、数字の一が書かれているのである。

「一って、これはいってえ……」

蘇芳は辛そうに眉根を寄せた。

「先月届いた文には、数字の二、その前が三……。つまり、半年前に六という文字が書かれた文が届き、その翌月が五……。毎月ひとつずつ数が減《へ》っていき、そして今日が一……。これが何を意味するのか、兄さんに解るかえ？」

蘇芳が六助を瞠《みつ》める。

「いや、あっしにゃ何も……」

六助は慌てて首を振った。

蘇芳は太息《ふといき》を吐いた。

「最初《はじめ》のうちは悪質な悪戯《いたずら》だと思ってね……。こんなことで大騒ぎしてはみっともないし、蛤町の親分に相談しても、しょうもないことで岡っ引きの手を煩《わずら》わせるな、とどしめかれるか嗤《わら》われるだけで、それで極力このことは考えないようにしてきたんだが、どうしても、数字が減っていくことに何か意味があるのじゃないかと思えてね……。そして、とうとう今日は数字の一……。ねっ、何か悪いことが起きると思っても仕方がないだろう？」

六助は蘇芳の視線を痛いほどに浴《あ》び、慌てて頷いた。

何だか解らないが、言われてみると、確かにそんなふうに思えなくもない。

「それでさ、ものは相談なんだが、確か、日々堂の女将さんは蛤町の親分と昵懇《じっこん》の間柄《あいだがら》だとか……。あたしが直接親分に頼んでもいいんだが、文を届けたのは日々堂なんだし、間に入ってもらうことが出来ないものだろうかと思ってね……。ねっ、女将さんに頼んでもらえないだろうかね？」

「女将さんから友七親分にってことなんでやすね？　ようがす！　じゃ、早速《さっそく》……」

「済まないね。あたしのほうから出向けばいいんだろうが、此《こ》の中《じゅう》、外に出るのを控《ひか》えているんでね。ご足労《そくろう》だがここに来てもらえると有難《ありがた》いと、そう伝えてくれないかえ？　もちろん、ただじゃ帰さないからさ。ちゃんと礼を尽くすつもりなんで、その旨《むね》を伝えておくれ……。あっ、そうそう、兄さん、これを煙草《たばこ》代の足《た》しに……」

蘇芳が帯の間から小銭入れを取り出し、六助に十文銭を五枚握らせる。

「あっ、こいつァ……。相済《あい》みやせん」

六助は照れたような笑みを見せた。

眠れる花を出た六助は、挟み箱を肩に、チリンチリンと鈴を鳴らしながら門前仲《もんぜんなか》町《ちょう》の通りを一の鳥居に向けて駆けて行った。

駆けながら、頭の中に数字の一を思い描《えが》く。

三つ折りにした紙の真ん中に、数字が一文字……。

しかも、半年前から一月《ひとつき》ごとに数字が減っていくというのであるから、文を受け取ったのが蘇芳でなくても、気色悪く思って当然である。

いってえ誰がそんなことを……。

差出人の名前が書かれていないのだから、尚《なお》さら、そそ髪が立つ（ぞっとする）というもの……。

だが、待てよ……。

蘇芳宛の文は、葭町から送られてきたものである。

てこたァ、送り主は大川から西に住んでいるということ……。

となれば、差出人が誰か調べたければ山源に問い合わせればよいということだが、果たして、山源の町小使《まちこづかい》（飛脚）が誰から文を預かったのか憶えているだろうか……。

それより何より、日々堂がそこまで介入することに山源が善《よ》い顔をするであろうか。

六助には、とてもすんなりとことが運ぶとは思えなかった。

が、乗りかかった船である。

とにかく、女将さんから親分に話を通してもらうよりしょうがあるめえな……。

六助は頭に擡《もた》げる危惧《きぐ》の念を払うようにして、速度を速めた。


その頃、日々堂の茶の間では、友七親分、文哉、お葉の三人が恩赦《おんしゃ》が下った伊佐治の出迎えに誰が出るかと話し合っていた。

「請人《うけにん》のあたしが行くのは当然なんだけど、永代橋《えいたいばし》に船が着くのが正午というからさ……。たまたま、その日は灌仏会《かんぶつえ》（四月八日）とあって浄心寺《じょうしんじ》で湯茶の接待を手伝うことになってるんだよ。といっても七ツ（午後四時頃）には身体《からだ》が空《あ》くんだけど、正午に永代橋というのはとても無理な話でさ……」

　文哉が恨《うら》めしそうに友七を窺う。

「まっ、俺が行くから大丈夫《でえじようぶ》だが、みすずはどうする？　おとっつァんが五年ぶりに戻って来るんだ。迎えに行かねえわけにはいかねえだろう」

「じゃ、文哉さんの代わりにあたしが行くよ！」

　お葉がそう言うと、友七が驚いたようにお葉を見る。

「おめえが？　けど、おめえは伊佐治を知らねえんじゃ……」

　お葉はフンと鼻で嗤った。

「ああ、あたしは面識がないよ。だが、伊佐治さんを黒一に斡旋《あっせん》したのはうちの男《ひと》なんだよ？　甚三郎の代わりにあたしがといえば筋が通るじゃないか！　それに、伊佐治さんに逢《あ》ったことがないのは文哉さんだって同じでさ。文哉さんはみすずの義母《はは》で、伊佐治さんの請人だから迎えに行くのは当然なんだけど、あたしが日々堂の主人《あるじ》として迎えに行ったとしてもおかしくはないさ……。それにさ、みすずにしても親分と二人で迎えに行くより、女ごのあたしが傍にいると何かと心強いだろうからさ！」

「お葉さんの言うとおりだよ。じゃ、悪いけどそうしてもらおうかね。船が永代橋に正午に着くとして、手続やら何やらを済ませて皆が熊井町に戻って来るのは七ツ過ぎだろうから、あたしは克二《かつじ》に言って祝膳の仕度《したく》をさせておくよ。親分、お葉さん、もちろん出てくれるだろうね？」

文哉がお葉と友七に目まじしてみせる。

「あたぼうよ！　祝膳に出ないでどうしようってか。だが、見世があるというのに、そんなことをしても大丈夫《でえじょうぶ》なのかよ……」

友七がそう言うと、文哉はパァンと胸を叩いた。

「委せときな！　見世でっていうのじゃなく、母屋《おもや》でするんだからさ……。みすずはおとっつァんの傍にずっといさせてやりたいから、そう、あたしが母屋と見世を行ったり来たりすればいいんだよ。そうだ！　お葉さん、宰領や戸田さまを呼んでおくれよ。宰領は伊佐治さんと面識があるし、戸田さまには今後何かと力になってもらいたいからさ」

ああ……、とお葉が相好《そうごう》を崩《くず》す。

伊佐治の奉公先については、日々堂も傍観《ぼうかん》しているわけにはいかなかった。

伊佐治は御帳付《ごちょうつき》（前科者）なので、どうしても友七に間に入ってもらわなくてはならないが、元々これは口入屋《くちいれや》の仕事なのである。

そして、龍之介は別の意味で顔が広い。

今後、どんな形で龍之介の世話になるやもしれないのである。

「ああ、解ったよ。二人に伝えておくよ。ふふっ、正蔵が大悦《おおよろこ》びするだろうよ！

先《せん》から、千草の花に来たくて仕方がなかったんだからさ」

「そう言えば、親分や戸田さまはうちの板頭《いたがしら》の料理を食べたことがあるけど、宰領はその機会がなかったんだもんね……。けど、おはまさんに悪いね。一緒に来るってわけにはいかないんだろう？」

文哉がお葉に訊ねる。

「まあね……。夜分とはいえ、正蔵とおはまが一度に見世を抜けると、何かあったときに困るんでね。店衆に目を配る者が誰かいないと……。いずれは友造がその役目を務《つと》めてくれるだろうが、現在《いま》はまだ……」

「結句、割を食うのはいつも女ごのおはまさんか……。あの女《ひと》にも一度は板頭の料理を食べさせたいと思ってたんだけどね」

文哉が残念そうに溜息《ためいき》を吐く。

「あっ、それなら大丈夫だ！　実は、この秋にも友造とおちょうの祝言を挙げようと思っていてね！　挙式は富岡八幡宮《とみおかはちまんぐう》で挙げるとして、祝言は日々堂でと思ってるんだよ……。そのとき、克二さんにうちの板場で祝膳を作ってもらうってわけにはいかないかと思ってさ！　そうすれば、おはまばかりか店衆全員が祝ってやれるだろう？　あっ、でも店衆全員となると、当日列席する客を含めて、総勢五十名は下らない……。やっぱ、無理かな？」

　お葉が困じ果てた顔をする。

　文哉はくくっと肩を揺《ゆ》すった。

「全員に膳を出すとなったら、それは大変だろうさ。だから、店衆は松花堂《しょうかどう》弁当にすればいいんだよ！　そうすれば、膳の仕度は十人分ほどで済むだろう？」

　なるほど、その手があったか……。

　お葉は目から鱗《うろこ》が落ちたといった顔をした。

「そうだよね？　調理に人手《ひとで》が要《い》るようなら、うちの女衆《おなごし》を使ってくれていいからさ！　祝言の正確な日時が決まったら、一度、克二さんと打ち合わせをしなくちゃならないね……」

　お葉が目を輝かせると、友七がぷっと噴《ふ》き出す。

「お葉の奴、まるで、てめえが陣頭指揮を執《と》るみてェなことを！　大根の皮一枚《いちめえ》剝《む》けねえくせして、偉そうなことを言ってよ。克二と打ち合わせをするが聞いて呆《あき》れるぜ。そりゃ、おはまの役目だろうが！」

「ああ、そうだよ。そんなことは解ってるさ！　なんだえ、親分は……。まるで鬼の首でも取ったみたいな口を利《き》いてさ！」

お葉がムッとした顔をして、友七を睨《ね》めつける。

「言われちまったね、お葉さん。いいじゃないか、料理が作れなくて……。あたしもそうだが、餅《もち》は餅屋でさ。あたしたちにはあたしたちにしか出来ないことがあるんだからさ！　じゃ、おはまさんに板頭の料理を食べてもらうことはこれで解決ってことで、まずは三日後……。すると、伊佐治さん帰還の祝膳は、伊佐治さん、みすず、あたし、そして親分……。日々堂からはお葉さん、宰領、戸田さまで総勢七名ってことでいいね？　さあ、何を馳走《ちそう》しようかね。今の時季だと、やはり、桜鯛《さくらだい》が中心ってことになるんだろうが、克二がまた腕を上げたようだから、皆、大いに期待していておくれ！」

文哉が満足そうに目を細める。

と、そのとき、見世のほうから声がかかった。

「親分、女将さん、六助の奴が話があるとか……。中に入れてもようござんすか？」

友造の声である。

お葉と友七は顔を見合わせた。

「ああ、構わないよ。お入り!」

お葉がそう言うと、文哉が慌てて立ち上がる。

「じゃ、話が済んだところで、あたしは失礼するよ。お葉さん、明明後日《しあさって》のことは頼んだよ! 五ツ(午前八時頃)には深川を出るんだろうから、みすずに仕度させて待っているからさ」

「ああ、解ったよ。四《よ》ツ手《で》(駕籠《かご》)を連れて迎えに行くからさ!」

文哉は友七に目まじして、茶の間から出て行った。

入れ違いに、六助が怖《お》ず怖ずと入って来る。

「どうしてェ、六助、まあ、そう怖がらずに傍に寄りな! で、話とはなんでェ……」

友七に言われ、六助がそろりと長火鉢《ながひばち》の傍に寄って来る。

「今、町小使から戻って来たのかえ? 喉《のど》がからついただろう。今、茶を淹《い》れてやるから喉を潤《うるお》してから話すといいよ」

お葉がそう言い、急須のお茶っ葉を取り替える。

「へえ、済んません……」

「おめえが俺たちに話とは、また珍しいことがあるもんよ……。どうしてェ、出先で何かやりくじりでもしたってか？」

友七に睨めつけられ、六助が挙措《きょそ》を失う。

「やりくじりだなんて天骨《てんこち》もねえ！　いや、そうじゃなく……。ええと、なんて言えばいいのか……。俺ャ、頭が悪《わり》ィもんで上手《うま》く喋《しゃべ》れねえんだが……。つまり……」

お葉が頬《ほお》を弛《ゆる》める。

「さっ、お茶が入ったよ。いいから、まず一服して、気持が落着いたところで話すといいよ」

六助は気を兼ねたように肩を丸めると、そろりと湯呑に手を出した。

「どうだえ、少しは落着いたかえ？　じゃ、何があったのか話してごらん」

「へい……。実は、蓬萊橋で遊里の文を集めた後、永代寺門前町の配達に廻りやして……。文は三通あったんでやすが、その中の一通に眠れる花宛の文がありやして……」

「眠れる花？　いったいなんのことを言っているのかえ……」

お葉が訝《いぶか》しそうな顔をする。

すると、友七が、おお、眠れる花、あの組紐屋か！　と大声を上げる。

「親分、知ってるのかえ?」

「ああ、五年ほど前《めえ》に突然組紐屋の看板を揚げたんだが、黒板塀に囲まれた仕舞《しも》た屋でよ……。屋号が眠れる花たァ、どう考えても奇妙きてれつでよ……。しかも、庭に花海棠が植わっていて、これが今の季節、見事な花を咲かせるって按配《あんばい》でよ! 聞くと、なんのことはねえ、花海棠の別名を眠れる花というそうでよ……。しかもよ、眠れる花の女主人《あるじ》の名が蘇芳というそうでよ。なんと、心憎いじゃねえか!」

「蘇芳……。それが花海棠とどんな関係があるのさ」

「花海棠の花を知ってるか?」

「ああ、そりゃ知ってるさ。花弁の内側が白で、外側が淡紅色をした花だろ? 確か、花が下垂《かすい》して咲くから垂糸《すいし》海棠とも呼ばれるとか……。ああ、あたしは好きだよ。どこかしら妖艶でさ」

「それよ! 一見、可憐《かれん》に見えて妖艶なあの花を、眠れる花と呼ぶのはなんでか知ってるか?」

友七が鼻柱《はなばしら》に帆《ほ》を引っかけた(自慢げ)ような言い方をする。

「いや、知らないけど……」

「唐の国に玄宗皇帝という男がいてよ。こいつが大層な好き者《すもの》ときて、後宮《こうきゅう》に何人もの妾《めかけ》を置いていたんだが、中でも、楊貴妃という滅法界美印《めっぽうかいびじるし》（美人）の寵妃《ちょうひ》がいてよ……。玄宗は楊貴妃に入れ揚げたばかりに国を滅《ほろ》ぼしたといわれるほどなんだが、あるとき、酒に酔って微睡みから目覚めた楊貴妃の艶めかしさを見て、海棠いまだ眠り足らず、と玄宗がその姿を花海棠に譬えたといわれるのよ……。以来、花海棠のことを眠れる花と呼ぶようになったとか……」

「へえェ……、親分、詳《くわ》しいじゃないか！　で、そのことと蘇芳という女ごがどう関係するのさ」

「何言ってやがる！　おめえも今言ったばかりじゃねえか。蘇芳の花は紅……。花海棠も紅。そして、別名眠れる花……」

あっと、お葉が目を瞠る。

「六助、じゃ、その蘇芳って女ごも品者《しなもの》（美人）なのかえ？」

六助は我がことを褒《ほ》められたかのように、ええ、そりゃもう弁天《おべん》（美人）で……、と頷いた。

「親分は逢ったことがあるのかえ？」

お葉がさっと友七に視線を移す。

「いや、噂に聞いているだけで、俺ャ、まだ拝んだことがねえ……。で、蘇芳がどうしたって?」

友七が六助に目を据《す》える。

「へえ、永代寺門前町の三通の中の一通が眠れる花宛だったもんで、あっしが届けやしたんで……」

「だから、そこまでは判《わか》ってるんだ。それからどうしたってェのよ!」

友七が肝《きも》が煎《い》れたように言う。

「へえ、それが眠れる花宛の文は此度が六度目で……。半年前《めえ》から、毎月五日に文が届くようになりやしてね。ところが、二回目あたりから、蘇芳って女ごが受け取る度に暝《くれ》ェ顔をするようになりやしてね」

「そりゃまたどうして……」

「妙じゃねえか!」

お葉と友七が怪訝《けげん》な顔をする。

「あっしも妙だと思いやした。けど、こちとら、届けるのが仕事で、相手が何も言わねえのに、根から葉から訊ねるわけにはいかねえ……。で、今回が六回目の配達でやして……」

「それで?」

「何か変わったことでもあったというのかよ」

お葉たちが身を乗り出すと、六助は訳知り顔に頷いた。

「あっしはいつものように文を渡したら帰《けえ》ろうとしたんですが、女ごに呼び止められやしてね」

「女ごとは蘇芳のことか？」

「いえ、最初《はじめ》はお端女が文を受け取り、そのままあっしを追い返そうとしたんでやすが、奥からあの女《ひと》が出て来て、あっしの目の前で封書を解くと、中を読め、と文を突き出しやしてね……。で、何が書いてあったと思いやす？」

「知るもんか！　焦《じ》らさねえで、早く言いな！」

友七が焦れったそうに鳴り立てる。

「それが……。三つ折りにした紙の真ん中に、数字の一が書かれてやしてね」

「数字の一だって？　それだけなのかえ？」

お葉がとほんとする。

六助が仕《し》こなし顔に頷く。

「それだけで……。しかも、差出人の名が書いてねえ」

「妙じゃないか……。それに、何ゆえ蘇芳って女ごは六助にそれを見せたんだろう……」

お葉は首を傾《かし》げた。

「それが、その女が言うには、半年前《めえ》から同じような文が届くようになり、最初《はじめ》は六という数字が一文字……。そして、翌月の五日に五……。その頃から、気色悪く感じたそうでやすが、それだけで大騒ぎをしたんじゃ皆に嗤われるだろうし、親分に相談に乗ってくれと言ってもどしめかれるんじゃなかろうかと思い、じっと堪え忍んでいたと言いやしてね……。ところが、翌月、今度は四……。つまり、毎月数字が一つずつ減っていき、そして遂《つい》に今日、一と書かれた文が届いた……。こうなると、否《いや》が応《おう》でも数字が減っていくことに意味があると思わざるを得なくなってきた……。というのも、一の次は……。きっと何か悪いことが起きるのじゃねえかと不安になり、それで、このことを女将さんの口から親分に伝えてもらえねえだろうか、とあの女《ひと》があっしに言ってきやしてね……」

お葉が気遣《きづか》わしそうに友七を見る。

「親分、どう思うかえ?」

友七は腕を組み、うーんと天井《てんじよう》を見上げた。

「それだけじゃ雲を摑《つか》むような話で、なんとも言えねえな……。蘇芳には何か心当たりはねえのかよ」

「そのことなんでやすが、あっしの勘《かん》では、何か話してェことがあるようで……。それで、自分が親分の許《もと》に出向けばいいのだろうが、此の中、表に出るのを控えてるんで、ご足労だが仕舞た屋まで来てくれねえだろうかと……。あっ、こうも言ってやした。もちろん、ただ働きをさせるつもりはねえ、ちゃんと礼をするつもりなんでその旨を伝えておいてくれと……」

六助が上目に友七を窺う。

「礼だと？　ふン、礼なんて要らねえや……。が、そんなふうに言われたんじゃや、行かねえわけにはいかねえだろう。蘇芳という女ごに一度は逢いてェと思っていたことでもあるし、どれ、行って来ようじゃねえか」

友七が立ち上がる。

「えっ、この脚《あし》で行くのかえ？」

「ああ、思いついたが吉日《きちじつ》だ！　それに、現在《いま》は格別用があるというわけでもねえんでな……」

「お待ちよ！　だったら、あたしも行こうじゃないか」

お葉も立ち上がる。

「おめえも行くって？」

「行ったっておかしくないだろう？　だって、蘇芳って女ごはあたしから親分に頼んでくれと言ったんだよ。てことは、あたしが一緒に聞いてもいいってこと……。それにさ、あたしだってひと目眠れる花といわれる女ごを拝んでみたくってさ！」

お葉が茶目っ気たっぷりに目弾《めはじき》してみせる。

「だが、おめえが日々堂を空けていいのかよ」

「ああ、見世には正蔵と友造がいるし、厨にはおはま……。あたしは大船に乗った気分でいられるのさ！」

お葉はそう言い、厨に向けて声をかけた。

「おはまァ、ちょいと出掛けて来るから、あとを頼んだよ！　さっ、親分、行こうじゃないか」

お葉が友七を促《うなが》し、茶の間を出て行こうとする。

おはまが慌てて茶の間の障子《しょうじ》を開ける。

「女将さん、出掛けるって、どちらへ……。あら嫌《いや》だ！　もう行っちまったよ……」

おはまは途方に暮れたように、立ち竦んでいた。

蘇芳は、想像をはるかに超《こ》えた美印であった。

何しろ、艶冶《えんや》でぼっとり者（色気のある女）なのである。

別に意識して汐《しお》の目《め》を送っているわけでもないのだろうが、ふとした仕種《しぐさ》の一つ一つが仕為振《しなせぶり》ときて、女ごのお葉でさえ、ぞくりと胸がざわめいた。

「お忙しい最中《さなか》、ご足労をかけてしまい申し訳ありません。あたしのほうからお伺いするのが筋と解っていましたが、どうしても門から一歩外に出る勇気が持てなかったのです。それで、不躾《ぶしつけ》なことと重々承知のうえ、ご足労願えないものかと日々堂の町小使に相談しましたところ、まさか、こんなに早くお越《こ》し下さるとは恐縮にございます」

蘇芳は深々と頭を下げた。

「門から外に出られねえとは、そりゃまたどうして……」

友七が訝しそうな顔をする。

「こちらに越してきたばかりの頃は、それでも時折《ときおり》、八幡宮や霊巌寺《れいがんじ》に脚を延ばしていました。けれども、行く先々で目引《めひ》き袖引《そでひ》きあたしのことを噂されているようで、次第に他人《ひと》さまの視線を痛く感じるようになりまして……。以来、外出を控えるようにしてきました。表向きのことは女衆がやってくれますし、組紐も伊賀屋《いがや》の手代が引き取りに来てくれます。外の空気を吸いたければ、狭いながらも庭があります。話し相手には女衆がなってくれますので、あたしはそれでもう充分満足なのです」

蘇芳という女ごは、声まで鈴を鳴らしたかのように美しい。

歳《とし》の頃は三十路《みそじ》を過ぎたばかりだろうか……。

まだ充分水気《みずけ》があるというのに、ここで隠遁《いんとん》させておくのは惜《お》しいほどである。

が、蘇芳が言うのも解らなくもなかった。

極力目立たないように素綺羅《そきら》な形《なり》をしていても、これだけ人目を惹《ひ》いてしまうのだから、他人《ひと》の目を煩《わずら》わしく思っても不思議はないだろう。

五丁で御職を張っていたというのが本当だとすれば、蘇芳はその頃にもう充分すぎるほどの脚光を浴びていて、今さら人の目に立ちたくないという気持が解らなくもない。

「それで、庭に四季折々の草木を植えているんだね？　蘇芳さんとやら、あたしにゃ、おまえさんの気持がよく解るよ。いいじゃないか、ここにいてすべてことが足りるんだからさ！」

お葉がそう言うと、友七も頷く。

「ああ、外に出たくねえのなら出なくていい。それで、相談とはなんでェ……」

蘇芳は違い棚から文箱《ふばこ》を運んで来ると、封書を六通取りだした。

「これが半年前に届いた文で、そしてこれが翌月……」

蘇芳が畳の上に封書を並べていく。

「どうぞ、ごらんになって下さいませ」

友七が半年前に届いたという封書を解き、中を改める。

お葉がその翌月の封書を……。

「こいつァ、なんと……」

友七が目をまじくじさせる。

「六助から聞いていたが、こうして実際に目にすると、確かに不気味なものだね……」

お葉が蘇芳を瞠める。

「あたしも五と書かれた文を手にしたときには、まださほど気持悪いとは思いませんでした。誰かの悪戯だろうと軽い気持でいたのです。けれども、翌月の四と書かれた文のあたりから、確実に数字が一つずつ減っていることに気づき、怖くて堪らなくなってしまいました」

「だったら、その時点でなぜ俺に相談しねえ！　今日届いた文が一なら、もう後がねえんだぜ？　何か起きるとしても、これじゃ手の施《ほどこ》しようがねえじゃねえか……。おめえ、何かよくねえことが起きるんじゃなかろうかと、それを心配《しんぺえ》してるんだろう？」

友七が苦虫《にがむし》を噛《か》み潰《つぶ》したような顔をする。

蘇芳は月《つき》の眉《まゆ》（三日月のような眉）をつと寄せた。

「話そうと思いました……。けれども、数字が書いてあるだけでは、脅《おど》し文ともいえないし、そんなことで大騒ぎするのではないと叱《しか》られるのではないかと思いまして……」

「…………」

友七は言葉を呑んだ。

確かに、数字だけでは脅迫《きょうはく》とも思えず、その時点で相談されていたら、岡っ引きを無礼《なめ》るんじゃねえ、と一喝《いっかつ》していたかもしれない。

だが、毎月五日、数が一つずつ減っていく文を受け取り、そして今日、最後の一と書かれた文を受け取ったとなると、話はまた別である。

「それで、おめえ、心当たりはねえのかよ？」

友七はわざとらしく咳《しわぶき》を打つと、蘇芳に目を定めた。

「…………」

「どうしてェ、六助の話じゃ、おめえには何か心当たりがあるように思えたというんだがよ」

「心当たりといってよいのかどうか……。解りました。親分にはすべてお話しします。親分はあたしが北《きた》（新吉原）の花魁《おいらん》だったことをご存知でしょうか」

「ああ、聞いている。今川町の組紐屋伊賀屋の旦那に落籍《ひか》されたことも知っている」

「あたしが現在《いま》このように安気《あんき》に暮らしていけるのは、そのお陰なのです。旦那にはよくしていただいています。現在《いま》も三日に一度は訪ねて見えますし、あたしに組紐の手解《てほど》きもして下さいました。それも、何もしないでいたのでは退屈であろうというのが理由で、商《あきな》いは二の次なのです。ですが、始めてみるとこれが面白《おもしろ》くて……。先《さい》つ頃《ころ》、やっと商品として通用する紐が組めるようになりましてね。旦那と暮らしたこの五年は夢のようでした。けれども……」

蘇芳が辛そうに眉根を寄せる。

「北にいる頃、あたしに言い寄る男の中の一人に遊里の女ごたちに小間物を担《にな》い売る男がいましたが、あるとき、禿《かむろ》や振袖新造《ふりそでしんぞう》たちが席を外した隙《すき》に、自分のことをどう思うか、と囁《ささや》いてきましてね。あたし、なんと答えてよいのか判らず、咄嗟《とっさ》に善《よ》い方だと思う、と答えたんですよ。そうしたら、その男《ひと》が、六年待ってほしい、六年後には必ず身《み》の代《しろ》を作っておまえさんを迎えに来るから……、と言いましてね。確か、光吉《こうきち》といいましたかしら……。人当たりがよく律儀な男《ひと》でしたので、あたしも抗《あらが》う気になれず、良いとも悪いとも言わずそのまま流してしまったのですが、それから二度ほど訪ねて来ただけで、ふっつりと北に姿を現さなくなったのです。それで、あたしもあれは戯《ざ》れ言《ごと》だったのだろうと気にも留《と》めず、伊賀屋の旦那の身請話に乗ったのです……。ですから、その光吉という男《ひと》とは何もなかったのですよ。約束を交《か》わした覚えもありません」

「じゃ、なんでその男の話を持ち出したのかよ」

友七が蘇芳を睨めつける。

「それが……。三という数字を受け取った頃に、もしかすると……、と慌てて指折り数えてみたのです。思い出したのですよ！　光吉という男《ひと》があたしに六年待ってくれと言った日が、五月五日だったことを……。なぜそう思うかといえば、あの日は端午《たんご》の節句《せっく》だったのです。禿に柏餅《かしわもち》を振る舞った直後だったので憶えているのです。そのことに気づき、あたしは驚愕《きょうがく》してしまいました。だって、毎月五日に数字が届くようになったのですからね」

「じゃ、おめえは光吉が半年前《めえ》から逆算して、六年後の今年、五月五日に迎えに来ると知らせているのだと、そう思うのか？」

「ええ、それはそうなのですが……」

蘇芳が泣き出しそうな顔をする。

「迎えに来たくても、光吉さんは来られないのです……」

「おめえが伊賀屋の旦那に身請されてしまったからか？」

蘇芳が辛そうに首を振る。

「それもありますが、あたしが北を去る際、遣手が耳許《みみもと》で囁いたんですよ。太夫《たゆう》、伊賀屋の旦那に出逢えてよかったね、先《せん》に、おまえさんに言い寄っていた担い売りの男はお店《たな》の金を三十両掠《かす》め、小塚原《こつかっぱら》で処刑されちまったよって……。あたし、心《しん》の臓《ぞう》が張り裂《さ》けそうになるほど驚いちまって……。あたしを身請するためにそんなことをしたのかと思うと、辛くて……。けれども、三十両ではあたしを身請することは出来ません。それに、光吉さんは六年待ってくれと言ったのです。だから、光吉さんがしたこととあたしのことは関係がないこと、とこれまでは努めてそう思うようにしてきました……。そんな理由《わけ》です。光吉さんが文を送りたくても、送ることが出来ないのです」

友七はうーんと唸《うな》った。

おてちん（お手上げ）である。

どんなに足掻《あが》いても、死人《しびと》が文を出せるはずがない。

「けどさァ……」

お葉はそれまで黙って耳を傾けていたが、どうにも喉に小骨が刺さったようですっきりとせず、思い切って口に出すことにした。

「光吉に身内がいたとしたらどうだえ？」

「…………」

友七がとほんとする。

「つまりさ、光吉は蘇芳さんに六年待ってくれと言ったのはいいが、それまで待ちきれなくなった……。一刻も早く蘇芳さんを身請したくなったんだよ。それで、それまでこつこつと金を貯《た》めてきて、それだけでは足りない分を、お店の金でと手をつけてしまった……。ところが、暴露《ばれ》ないと思っていたのに暴露ちまったもんだから、光吉はお縄になり処刑されちまった……。そこでだ、光吉に身内がいたとすればどうだろう……。光吉にそんなことをさせた蘇芳さん憎しと思っても不思議はないからね。いやもちろん、蘇芳さんは唆《そそのか》したわけでもなく、何も知らなかった……。だが、常から、光吉が夢物語をいかにも実際にあったことのように身内に話していたってことも考えられるからね。とすれば、蘇芳さんのせいで光吉が血迷《ちまよ》っちまった、と身内が逆恨《さかうら》みしても仕方がないだろう？」

蘇芳も頷く。

「女将さんのおっしゃるとおりです。あたしもそう考えたことがありますの。けど、仮にそうだとしても、あたしは光吉さんの身内ばかりか、あの男《ひと》のこともよく知らないんですよ」

「まったく、おめえらの言うことを聞いてたら、頭がこんがらがっちまわァ……。それによ、おめえたちが言うのは推測にしかすぎねえ。まっ、確かにそう考えられなくもねえんだが……。ところで、伊賀屋のほうには問題がねえのかよ？」

友七が蘇芳に目を据《す》える。

「と言いますと？」

「旦那とおめえが甘《うま》くいっているのは解るが、内儀《ないぎ》はどうなのよ。内儀、息子、娘、嫁と、おめえに肝精《きもせい》を焼き（嫉妬《しっと》する）、嫌がらせのひとつでもしてやろうと思う者はいねえのかよ」

「旦那には子がいません。それに、内儀さんはあたしのことをご存知です。もう永いこと病の床に就《つ》いておられて、旦那に身請された折に今川町の見世に挨拶《あいさつ》に上がりましたが、おまえさんのことは納得している、自分が死んだら伊賀屋をおまえさんに託すつもりだから、それまで辛抱しておくれ、とそう頭を下げられましてね……。ですから、伊賀屋の関係筋にはそんな嫌がらせをする者はいないと思います」

「なんてこった！ これじゃ振り出しに戻ったのも同じ……。が、まあ、本日、一という数字が届いたってことには違《ちげ》ェねえ……。となると、標的となるのは一月後《ひとつき》の五月五日……。一月《ひとつき》は猶予があるってことで、それまで光吉の身許《みもと》を洗ってみよう……。何か出るかもしれねえし、しばらくは眠れる花に張り込みもつけよう。まっ、何事もなきゃ、それで万万歳なんだからよ！」

友七が苦々《にがにが》しそうな顔をする。

「それで、このことは伊賀屋の旦那は知っているんだろうね？」

お葉がそう言うと、蘇芳は困じ果てた顔をした。

「言っていません。言えるわけがありませんわ。光吉さんの一人相撲にすぎなかったとはいえ、あたしが思わせぶりな態度を取ったから、あんなことになったと思われかねませんもの……」

「まっ、そうかもしれないね。よし解った！　日々堂としても何か考えようじゃないか……。これらの文は葭町からうちに廻ってきたものだからね。山源の町小使に誰から文を預かったのか質《ただ》してみるよ。ただし、言っておくが、誰から預かったかなんて、皆が皆、判るわけじゃないんだからね」

「ああ、女将が言うとおりでェ。俺が探《さぐ》るとしても限度ってもんがあるからよ……。まっ、やれるところまでやるってことでよ！」

お葉と友七は肩息を吐くと、顔を見合わせた。

「有難うございます。大した持《も》て成《な》しも出来ませんで……。その代わりといってはなんですが、ひとつ、お収め下さいませ」

蘇芳が胸の間《あわい》から紙包みを取り出し、友七の前に差し出す。

「てんごうを！　話を聞いただけで、まだ何もしちゃいねえんだ。礼をしてェと思うのなら、すべて落着《らくちゃく》してからにしてくんな」

「そうだよ。莫迦な真似《まね》をするんじゃないよ！　親分が袖の下を貰《もら》って動くような男と見掠《みかす》めてもらっちゃ困るよ。さあ、早く仕舞《しま》いな」

お葉はそう言うと、さっ、帰ろうか！　と友七を目で促した。

「申し訳ございません……」

蘇芳は深々と頭を下げた。


そして翌日の四ツ（午前十時頃）のことである。

眠れる花のお端女小菊が、血相《けっそう》を変えて日々堂に駆け込んで来た。

これから午前の集配に出ようとしていた六助は、女ごが眠れる花のお端女だと気づくと、おめえ、眠れる花の……、と声をかけた。

小菊も六助を見ると、

「ああ、おまえさんがいてくれて良かった！　大変なんだよ。内儀さんが、内儀さんが……」

と上擦《うわず》った声を上げ、六助の傍に駆け寄って来る。

「大変《てえへん》って、いってえ何が……。いいから、落着きな。で、どうしたというのよ」

帳場のほうから正蔵と友造もやって来る。

「ところで、おめえさんは誰でェ……」

正蔵が探るような目をして小菊を見る。

「あっ、この女《ひと》は永代寺門前町の眠れる花の女衆で……」

六助がそう言うと、お葉から話を聞いていた正蔵は、ああ、おめえさんが……、と納得したように頷く。

「で、どうしたって？」

「内儀さんが食後の煎《せん》じ薬を飲んだ直後、嘔吐《おうと》して倒れちまったんですよ！」

「なんだって！　で、息はあるのか？　医者には診《み》せたんだろうな」

正蔵が興奮し、大声を上げる。

「ええ、すぐに入舩町《いりふねちょう》の藤平洞玄《ふじひらどうげん》さまを呼びました。内儀さんが飲んだ煎じ薬も洞玄さまが調剤したものですが、洞玄さまは内儀さんが吐いたと聞き、そんな莫迦なことがあるはずがないと言われ、現在《いま》、胃の腑《ふ》の洗浄《せんじょう》をして下さっているんですけど……」

小菊が困惑《こんわく》したように顔を曇らせる。

そこに、お葉が出て来た。

「なんだえ、やけに騒がしいが何かあったのかえ？　おや、おまえさんは眠れる花の……、そう、確か小菊とかいったっけ……」

小菊はお葉の顔を見ると、縋《すが》るような目をした。

「女将さん……。蛤町の親分に知らせて下さい、うちの内儀さんが……」

小菊がわっと前垂《まえだ》れで顔を覆《おお》う。

「いったい、何があったというのかえ?」

お葉が正蔵に訊ねる。

「なんでも、眠れる花の内儀が煎じ薬を飲んだ直後に嘔吐したそうで……。現在《いま》、入船町の藤平さまに往診してもらっているとかで、そこから先はこれから聞くところでやして……。おう、小菊とやら、藤平さまがなんと言われたって?」

正蔵が小菊に目を据える。

「自分が調剤した薬に毒が盛られたに違いないって……。それで、誰が煎じたのかと訊《き》かれたものだから、もう一人のお端女お須美《すみ》さんだと答えたんだけど、そのお須美さんの姿がどこにも見当たらなくって……。それで、内儀さんのことは自分と代脈《だいみやく》(助手)に委せておいて、すぐさま町方に知らせるようにと言われましてね。自身番に駆け込む手もあったのですが、昨日、蛤町の親分と日々堂の女将さんにご足労願ったばかりだし、こちらに知らせたほうがよいと思って……」

小菊が半べそを掻《か》きながら言う。

「そうかえ、よく知らせてくれたね。六助、すぐに親分に知らせておくれ！」

お葉はそう言うと、正蔵に目を向けた。

「じゃ、あとを頼むよ。あたしは一足先に蘇芳さんの様子を見て来るから……」

「女将さんがお一人で？　誰かつけやしょうか？」

お葉はしばし考え、戸田さまの手が空《す》いているようなら、あとから眠れる花を覗《のぞ》くように伝えておくれ、と言った。

そうして、小菊と二人で眠れる花に向かった。

蘇芳は胃の洗浄を終えて、眠っていた。

「お初にお目にかかります。黒江町で便り屋日々堂を営《いとな》む、女将のお葉にございます」

お葉が頭を下げると、藤平洞玄は弱りきったような目でお葉を瞠めた。

「どうやら、わたしが調剤した薬を煎じる際に殺鼠《さっそ》剤を盛られたようだのっ……。幸い、微量であったために生命《いのち》まで奪われることがなかったが、まだしばらくは昏々《こんこん》と眠り続けるであろう……。で、おまえさんと内儀の関係は？」

「ええ、それが昨日のことなんですけどね……」

お葉はここ半年差出人の書かれていない文が蘇芳の許《もと》に届くようになり、それが数字一文字の意味不明の文であったことや、昨日届いた文が一と書かれていて、気色悪くなった蘇芳から相談を受けたばかりであったことなどを話した。

「なんと、そんなことが……」

洞玄は腕を組んだ。

「それで、友七親分と女将が差出人について調べてみようということになったとな？　昨日届いた文に二と書かれていたということは、何かあるとしても一月《ひとつき》の猶予があるということ……。それなのに、今日、内儀は生命《いのち》を狙《ねら》われることになった……。はて……」

洞玄が首を傾げる。

と、そこに、玄関から声がかかった。

「上がるぜ！」

友七が駆けつけて来たようである。

友七は居間に入ってくると、蒼白《そうはく》な顔をして横たわる蘇芳をちらと見て、お葉に、どうなんだ、と目で訊ねた。

「幸い、生命《いのち》を取り留《と》めたそうでさ……」

お葉が辛そうに友七を見る。

「まさか、昨日の今日で、こんなことが起きるとはさ……」

「そのことなんだが、宰領からおおよそのことを聞き、ここに来る道々考えたんだが、煎じ薬を煎じたお端女が姿を晦《くら》ましたんだってな？　おう、そこの女ご、訊きてエんだが、昨日俺たちが蘇芳と話しているとき、おめえたちはどこにいた？」

友七が部屋の隅《すみ》で小さくなっている小菊に訊ねる。

小菊が怖ず怖ずと顔を上げる。

「あたしは厨で夕餉の仕度をしていましたが、お須美さんは居間に茶を運んでいったきりで、しばらく厨に戻って来ませんでした……」

「それよ！　恐らく、お須美という女ごは俺たちの会話を盗み聞きしていたに違《ちげ》ェねえ……」

お葉も目から鱗《うろこ》が落ちたような顔をして、膝《ひざ》を打つ。

「親分、そうだよ！　お須美は誰が文を出したのかこの一月《ひとつき》であたしたちが探ると言ったものだから、それで慌てて今日実行に移したに違いない！　それしか考えられないからね」

「あのう……」

小菊が心許《こころもと》なさそうに、友七とお葉を見比べる。

「そのことなんですけど、月に一度、浅草《あさくさ》から小間物の担い売りがやって来るんですが、あたし、二度ほどお須美さんがその男に封書を手渡しているのを目にしたことがあるんですよ。前垂れで隠し、人目を避《さ》けるようにして男の手に……。咄嗟に恋文《こいぶみ》だろうと思ったんだけど、あたし、あれって首を傾げましてね。だって、お須美さん、不文字《ふもじ》（読み書きの出来ない人）だと言ってたんですよ……。それで不文字と言ったのは嘘《うそ》だったのかと思い、確かめてみることにしたんですよ。字が書けるのなら、お須美さんは封書とか紙、矢立《やたて》といった文字を書くのに必須《ひっす》な道具を持っているはず……。それで、お須美さんが買い物に出た隙を見て、柳行李《やなぎごうり》の中を調べてみたんですよ。そしたら、一式出て来ましてね。それで、やっぱり、お須美さんはその男にほの字で、それで恋文を託《ことづ》けたのだろうと納得したんだけど、そのとき、きやりとしましてね。封書や紙が、毎月五日に届く内儀さん宛のものと同じものに思えたんですよ……。けど、同じような封書はよくあるし、そのときは深く考えませんでした。けれども、現在《いま》、皆さんの話を聞いていて、あの奇妙な文は、やはり、お須美さんが出したのじゃないかと思えてきました……。ああ、ごめんなさい！　あたしがもっと前にそのことに気づいていたら……」

小菊はぶるぶると肩を顫わせた。

「じゃ、おめえはお須美が蘇芳宛の文を書いて担い売りの男に託し、その男が浅草で山源の町小使に手渡していたというんだな？　なるほど、それなら筋が通るぜ」

友七が合点がいったといった顔をする。

「お須美も考えたものじゃないか！　自分が日々堂の管轄から出したのではすぐに足がつくと思い、担い売りの男の手を借りて浅草から出していたとは……」

お葉が憎体《にくてい》に言うと、洞玄が首を傾げる。

「だが、その女ごは何ゆえそんなことをしなくてはならなかったのだろうか……」

「いえね、昨日、蘇芳さんから五丁にいる頃に言い寄られた男がいることを聞きましてね。その男もやはり小間物の担い売りをしていたらしいんだが、勝手に蘇芳さんが自分に惚《ほ》れていると思い込み、六年待ってほしい、六年したら身の代を作って必ず身請をしに来る、と言ったというんですよ……。思い込みが激しいというか、蘇芳さんの気持をよく確かめもしないでさ……。ところが、その後、大変なことになっちまってさ……」

お葉は光吉という男がお店の金に手をつけ、小塚原で処刑されたのだと説明した。

「なんと……」

洞玄が啞然《あぜん》とした顔をする。

「もちろん、蘇芳さんの知らないところで起きた話なんだけど、思い込みの激しい者って頭の中に思い描いたことを、まるで実際にあったことのように他人《ひと》に話すじゃないか！　そう考えると、仮にその男に身内がいたとすれば、男から聞かされた話を本当だと信じ込み、蘇芳さんが男を唆したと思っても仕方がないだろう？　それで、親分が光吉という男の身許を洗うことになり、あたしが山源を当たり誰から文を預かったか調べることになったんですよ」

「なるほど、ようやく話が見えてきましたぞ……。では、その話をお須美という女ごが盗み聞きしていて、一月《ひとつき》も待っていられないと慌てて手を下《くだ》したと……。で、お須美と光吉の関係は？」

洞玄に見据えられ、友七が慌てる。

「いや、そいつァ、まだ判らねえ……。なんせ、昨日の今日とあっては、調べる暇がなくてよ。が、お須美が毒を盛ったとすれば、一刻も放っちゃおけねえ！　どこの口入屋からお須美を斡旋されたのか、伊賀屋の旦那に質さなくっちゃよ」

と、そのとき、玄関口から訪いの声が聞こえてきた。

「お訊ねするが、こちらに日々堂の女将が訪ねて来てはおらぬか！」

龍之介の声である。

お葉は小菊に目まじした。

「お通ししておくれ」


眠れる花のことについて何も聞かされていなかった龍之介は、神妙な顔をしてお葉の話に耳を傾けていた。

が、話がお須美に移り、どうやら謎の文はお須美が書いたものらしいと聞くと、ぅぬっと首を傾げた。

「お待ち下さい。そのお須美という女ごなのですが、どんな面差しをしていました？」

お葉が戸惑ったように小菊を見る。

「どんな面差しかと訊かれても、小菊さんのほうは訪いを入れたときに対応してくれたから憶えているけど、あたしはその女ごが茶を運んで来たときにちらと見ただけで、さあどうだったか……。小菊さん、おまえが答えておくれよ」

「はい。背はあたしより少し低く、小太りです。顔はごく常並《つねなみ》な面差しで、そうだわ、唇の脇に黒子《ほくろ》がありましてね」

「そうだ、黒子！　ここら辺りにあるんだろ？　ならば、間違いない……。実は、半年ほど前に、そんな面差しをした女ごに奇妙な代書を頼まれましてね。封書の表書きをしてくれというのですよ。しかも、一度に六通……。差出人の名は書かなくてよいと言い、六通の宛先がすべて同じとあって、妙なことをする女ごだと思ったんだが、代書屋の仕事は言われるままに書くこと……。それで詳しいことを訊かずに書いたのだが、さっき宰領から女将さんが待っているので訪ねて行くようにと言われたのが、眠れる花……。住所もあのとき書いたのと同じで、これはいったい何事かと訝しく思いながらやって来たのですが、さっきの話を聞いて、これで何もかも合点《がてん》がいった……。お須美という女ごは字が書けないんですよ！　それで、日々堂に宛名書きを頼みに来た……。文の中身が数字一文字だったのも、これで頷けるというものです。数字なら、お須美にも書けたでしょうからね。だが、何ゆえ、そんな手の込んだことをしなくてはならないのか……」

「それなんだよ。あたしが思うには、半年前から逆算し、じわじわと数字を減らしていくことで、蘇芳さんに光吉のことを思い出させたかったのじゃなかろうかと……。光吉はひたすら蘇芳さんに恋い焦《こ》《こ》がれ、獄門《ごくもん》にかけられ露《つゆ》と化したというのに、蘇芳さんは伊賀屋の旦那の庇護《ひご》の下、温々《ぬくぬく》と暮らしているのが許せなかったんだろうさ……。それで、怯《おび》えさせるだけ怯えさせておいて、六年後、つまり今年の五月五日、天誅《てんちゅう》を下すつもりでいたんだと思うよ」

「おお、怖《こえ》ェ……。だが、お須美という女ごはいったい誰なんだろう？　そこまで光吉に肩入れするとは、ただの関係ではないんだろうな」

龍之介が友七を窺う。

「残念だが、そいつァまだ判らねえ。下っ引きに今川町の伊賀屋まで知らせに走らせたんで、おっつけ旦那が来るだろう。どんな手づるでお須美を雇《やと》い入れたのか旦那に訊かなきゃ、二進《にっち》も三進《さっち》もいかねえからよ……」

友七がそう言うと、あっと小菊が慌てて立ち上がる。

「旦那さまですわ！」

伊賀屋五郎右衛門《ごろうえもん》は足音も高く居間に入ってきた。

「蘇芳！」

五郎右衛門は蘇芳の枕許《まくらもと》に腰砕《こしくだ》けしたように坐り込むと、蒲団の上から抱きかかえようとした。

「おまえをこんなことにしたのは、どこのどいつだ！　蘇芳、蘇芳、目を開けておくれ……。ああ、あたしはおまえがいないと生きていけない……」

五郎右衛門が恥も外聞《がいぶん》もかなぐり捨て、男泣きに泣く。

どうやら、すでに蘇芳が事切れたと思っているようである。

「伊賀屋さん、大丈夫です。蘇芳さんは生命《いのち》を取り留めましたぞ」

洞玄がそう言うと、五郎右衛門はハッと身体を起こした。

「助かったと……。助かったんだね？　ああ、神さま仏さま、有難うございます」

五郎右衛門が天を仰《あお》ぎ、手を合わせる。

そうして、改まったように身体を起こすと、洞玄の手を握り締めた。

「蘇芳を助けて下さり有難うございます。この恩は決して忘れません」

「いや、そう言ってもらえるほどのことをしたわけではない。殺鼠剤が微量であったことと手当が早かったのが幸いしてな……」

「殺鼠剤ですと！　いったい誰が蘇芳に……」

五郎右衛門は絶句した。

「そのことなんだが、伊賀屋じゃお須美という女ごをどんな伝手《つて》で雇ったのかよ？」

友七が訊ねる。

五郎右衛門はそのとき初めて友七に気づいたとみえ、これは蛤町の親分……、と目を瞬いた。

そうして、友七の隣に控えるお葉と龍之介に視線を移すと、目をまじくじさせる。

「こちらは……」

「おっ、初めてかよ……。こちらは黒江町の便り屋兼口入屋日々堂の女主人《あるじ》、お葉さんだ。その隣が戸田龍之介さまで、現在《いま》、日々堂で代書の仕事をしておられる。実は此度のことには半年前《めえ》から蘇芳宛に届くようになった文が関わっていてよ……。それで、昨日、蘇芳から相談を受けたばかりだったのよ」

友七はお葉たちを紹介すると、改まったように五郎右衛門を睨めつけた。

「半年前から届くようになった文とは……」

五郎右衛門が怪訝な顔をする。

友七は小菊に文を持ってくるように目まじした。

小菊が違い棚に置かれた文箱の中から、六通の封書を取り出してくる。

「まあ、見てみな。説明するよりそのほうが早《はえ》ェ……」

友七が封書を開けてみろと促す。

五郎右衛門は封書を次々と解いていき、中を改め裏を返すと、差出人の名がないのに首を傾げた。

「これは……」

「いいか、半年前《めえ》の五日に届いたのが、六と書かれたこの文……。続いて翌月の五日がこれで、そして四と書かれたこの文へと続く……」

「…………」

「何か気づかねえか？　そう、毎月数が減っていっている……。しかも届くのは毎月五日……。そして、昨日届いたのが一と書かれたこの文だ。俺たちが蘇芳から相談を受けたのも昨日のことでよ……。つまり、これまで不安に押し潰されそうになってい た蘇芳が、遂に、俺たちに打ち明ける気になったということなんだが、それが犯人を焦《あせ》らせてしまったようでよ。標的の五月五日を待っていたのでは、誰の仕業《しわざ》か暴露てしまうと思ったのだろうて……。それで、今日、煎じ薬に殺鼠剤を混入し、蘇芳の生命《いのち》を狙い、当の本人は姿を消した……」

えっと、五郎右衛門は息を呑んだ。

「では、お須美が……。何ゆえ、お須美がそんなことを……」

「それはまだ判らねえ。が、考えられることは一つ……」

友七が光吉のことを話して聞かせる。

五郎右衛門はこめかみをビクビクと顫わせ、耳を傾けていた。

「蘇芳にそんなことがあったとは……。可哀相《かわいそう》に、一人で思い詰めていたとは……。あたしに打ち明けてくれていれば、こんなことになるまでに何か手立てがあったかもしれないのに……」

五郎右衛門が眠れる蘇芳を愛《いと》しそうに瞠める。

「蘇芳は光吉のことなど歯牙《しが》にもかけちゃいなかった……。何もかもが光吉の一人相撲なんだからよ。それで、おめえさんに言うこともねえと思っていたんだろう。ところが謎の文を受け取るようになり、数字の意味に気がついた……。が、その時点でも、まさか、と半信半疑だっただろうし、今さら六年も前《めえ》のことを打ち明けたのでは、男を手玉に取った薄情女とおめえさんに思われるのではなかろうかと不安もあった……。それで、せめて俺たちに打ち明けて、文の送り主を突き止めたいと思ったんだろう。そんな理由《わけ》だから、蘇芳を責めねえでやってくんな」

友七がそう言うと、五郎右衛門は慌てた。

「責めるなんて滅相もない！　むしろ、蘇芳があたしに気を遣《つか》ってくれた気持がいじらしく思えます。だが、蘇芳をこんな目に遭《あ》わせたのがお須美だとして、お須美と光吉の関係は？　お須美は光吉の無念を晴らしたくて、そんなことをしたのでしょう？」

「そいつをおめえさんに訊きてェと思っていたのよ。お須美は誰の伝手《つて》でここに入《へえ》った？」

五郎右衛門が首を捻《ひね》る。

「お須美は確か海辺大工町《うみべだいくちょう》の口入屋便利堂《べんりどう》が斡旋してきた女ご……。なんでも、自ら奉公先は組紐屋の伊賀屋がよいと申し出たそうで……。通常、奉公先は口入屋のほうが決めるのですが、たまたまうちで求人の依頼をしていたところだったので、とんとん拍子に話が決まりましてね。確か、お須美の出所は千住《せんじゅ》……。そう、千住の百姓の出だと言っていましたが……」

便利堂という名に、お葉と龍之介がさっと顔を見合わせる。

便利堂には苦《にが》い思い出があった。

一年半前のことである。海辺大工町の小名木《おなぎ》川沿いに、便り屋兼口入屋便利堂が暖簾《のれん》を出した。

山源にいた継次《つぐじ》という男が暖簾分けをしてもらって出した見世である。

日々堂にしてみれば、青天《せいてん》の霹靂《へきれき》もいいところ……。

というのも、甚三郎が山源から独立する際に、大川を挟んで西が山源の管轄、東が日々堂と区分けしたからである。

　ところが、甚三郎の死去を受け、お葉が日々堂の女主人となった途端に、日々堂の縄張りを荒らす便利堂が出来るとは……。

　明らかに、山源の嫌がらせであった。

　が、お葉たちはそれでも堪《た》え、なんとか便利堂と折り合いをつけて両者が成り立つようにと努めたのである。

　それなのに、便利堂の男《おとこ》衆《し》から六助が嫌がらせを受け、それればかりか抗議に行った佐之助までが男衆に寄って集《たか》って暴行を加えられ、そのため、佐之助は町小使にとって生命《いのち》の次に大切な脚を骨折するという事件が起きたのだった。

　これには、さすがのお葉も黙っていられなかった。

　お葉は正蔵を連れて葭町に乗り込んだ。

　山源の総元締源伍は、継次が独立したいと言ってきたので甚三郎のときと同様に許したまでで、決して暖簾分けをしたつもりはない、口入業に関して許すと言ったが便り屋には手を出さないと約束させた、とのらりくらりと逃げ口上《こうじよう》を言ったが、裏で糸を引いているのは見え見え……。

　しかも、甚三郎との約束は口約束にしかすぎず、これまでそんなものを遵守《じゆんしゆ》してきたことをありがたく思えと嘯《うそぶ》いてみせたのである。

お葉は凛然《りんぜん》と目を返した。

「おや、妙なことがあるもんだ。総元締は甚三郎との約束を口約束とお言いだが、では、これはなんだろうね？」

そう言うと、胸の間から書付《かきつけ》を取り出した。

「総元締と甚三郎の間で取り交わした誓紙《せいし》だ。ほら、ここにおまえさんの名前と血判《けつぱん》が入ってるじゃないか！　憶えていないとは言わせないよ」

「…………」

「どうやら、思い出してくれたようだね。それならいいんだ。大方、甚三郎が死んじまえば死人に口なし。そんな誓紙があるのをあたしが知らないと思ったんだろうが、生憎《あいにく》だったね！　甚三郎って男はおまえさんと違って隠し事をしないんでね。誓紙のあることを宰領に告げてたんだよ。いえね、何もいちゃもんをつけるつもりはないんだよ。此度のことをすべて解ったうえで、総元締が便利堂の始末をつけて下さればいいんだからさ」

源伍は苦々しそうな顔をして、お葉を窺った。

「便利堂のことは解った。今後一切、便り屋から手を引かせよう。但し、口入業のほうは許してやってくれねえか？　この際、お仕置きとして、便利堂を身代限《しんだいかぎ》りにさせてもよいのだが、継次という男は苦労人でね。山源に四十年近く奉公してくれたものだから、見世まで取り上げるのはいささか酷《こく》かと思ってよ……」

「ようござんしょ！　元々、口入業に関しては、取り決めなどないんだからさ。いえね、うちだって、そこまで欲の皮が突っ張っちゃいませんよ。ただ、甚三郎には便り屋への思い入れがありましてね。ちりんちりんの町小使……。一人でも多くの人に利用してもらいたいって、何かある度に、そう言っていましたからね。あたしは甚三郎のその夢を継ぎ、清太郎に引き渡してやりたいだけなんですよ。それ以上の欲はありません。ですから、今後も、ひとつよろしく、ずずいっと、お引き回し奉《たてまつ》ります！」

お葉は畳に手をつき、まるで歌舞伎《かぶき》の口上でも言うように、頭を下げたのだった。

以来、便利堂とは何ひとつ揉《も》め事がない。

山源のほうもお葉の心意気を肝に命じたか、その後は嫌がらせらしきこともなく、円満に運んでいるのである。

だから、お須美を斡旋したのが便利堂だとしても、何かを企《たくら》んだとは考えられなかった。

恐らく、便利堂はお須美の腹に何かあるとは思っていなかったのであろう。

「じゃ、おめえさんにもそれ以上のことは判らねえと……。よし解った！　便利堂にもう少し詳しい話を聞いてみることにしよう」

友七がそう言い、立ち上がる。

「これは……。お構いもしませんで……」

五郎右衛門が恐縮したように言う。

「てんごうを！　客として来たわけじゃねえんだ。じゃ、俺ャ、この脚で便利堂を訪ねて来るからよ」

友七が片手を挙げ、部屋から出て行く。

お葉も龍之介に目まじする。

「じゃ、あたしたちもお暇《いとま》しようじゃないか。旦那、気を強く持って下さいね！　蘇芳さんは必ず旦那の許に戻って来てくれますからね」

お葉が五郎右衛門に声をかける。

五郎右衛門は、うんうんと頷いた。

「戻って来てくれないと困ります。蘇芳はあたしの生命《いのち》……。なんとしてでも元通りの身体にさせてみせますよ」

五郎右衛門が蘇芳の青ざめた頬に手を当てる。

お葉の胸が顫えた。

昏々と眠り続ける蘇芳……。

なんて美しいのだろう……。

だが、その美しさが、男の心を和《なご》ませもすれば乱れさせてもしまうのである。

眠れる花を出て、川沿い道を歩きながら、龍之介がぽつりと呟いた。

「蘇芳さんって、なんて見目好《みめよ》い女ごなのだろう……。俺は眠った顔しか見ていないが、出来れば目覚めたときの顔を見てみたいものだ……。そう思うと、光吉という男がなんだか不憫《ふびん》に思えてよ……。あんな女ごに汐の目を送られたら、とち狂って前後の見境がつかなくなっても仕方がないからよ」

「まっ、戸田さまったら！」

お葉はきっと龍之介を睨《にら》みつけた。

翌々日（八日）、お葉と友七、みすずの三人は、四ツ半（午前十一時頃）に永代橋に着いた。

「まだ半刻《はんとき》（約一時間）ほど余裕があるが、茶店にでも入《へえ》らねえか？」

四ツ手から降りた友七がお葉の耳許に囁く。

どうやら、その面差しは何か話したいことがあるようである。

「そうだね、そうしようか」

お葉たちは大川を見渡せる茶店に入ると、床几《しょうぎ》席に坐った。

ここからなら江戸湾が一望でき、流人船《るにんぶね》が近づくのが見える。

お葉は茶汲女《ちゃくみ》に煎茶を注文すると、川に目をやったまま、それで話とは？　と友七に声をかけた。

友七が驚いたように目をまじくじさせる。

「おめえって女ごは……。俺に話があるとよく解ったな？」

「そりゃ解るさ。何年親分と付き合ってると思う？　お須美のことで何か判ったんだろう？　さっ、いいから話しなよ」

「おお、そのことなんだがよ。お縄にしたぜ、あの女《あま》を……。思ったとおり、お須美は光吉の妹だった……。おめえが推量したように光吉はお須美に蘇芳とは固い契《ちぎ》りを結んでいると話していたそうでよ。光吉の奴、蘇芳が振新《ふりしん》（振袖新造）の頃から目をつけていたそうでよ……。いつの日にか自分が身請して所帯を持つのだと、爪《つめ》に灯《ひ》を点《とも》すようにして金を貯め、六年前《めえ》に蘇芳に想いを打ち明けるまでに七十両も貯めていたそうでよ。それで、あと三十両も貯まれば身請できると思い、六年待ってくれないかと蘇芳に言ったところ、蘇芳は取り立てて嫌な顔を見せずに頷いたってんで、承諾したと思ったんだろうな。そうなると、てめえから六年待てと言ったのに、その六年が待ちきれなくなっちまったんだな……。お須美は、兄さんがまさかお店の金に手をつけるなんて思ってもいなかった、と泣き崩れたぜ。お須美が言うのよ。兄さんをそこまで追い詰めておいて、自分だけが素知らぬ顔をして伊賀屋の旦那に落籍されたなんて、どうしても許せなかったと……。それで、伊賀屋の奉公人が便利堂から斡旋されていると知るや、獄門にかかった兄貴がいることを伏せ、一か八か便利堂に体当りしてみたというのよ。するてェと、折良く伊賀屋から求人の依頼があったばかりのところだった……。伊賀屋じゃ蘇芳に妾宅を持たせたばかりのところで、急遽《きゅうきょ》人手が必要になったってんだから、どこまでお須美という女ごは幸運に恵まれていたのか……。だがよ、お須美は端《はな》から復讐しようと思っていなくて、兄貴をあそこまでとち狂わせちまった女ごがどんな女ごなのか知りたかっただけだというのよ……。ところが、実際に接した蘇芳は想像を絶するほどの美印だった……。しかも、伊賀屋の旦那に寵愛《ちょうあい》され、何不自由のねえ暮らしをしているじゃねえか……。お須美はそんな蘇芳を目《ま》の当たりにしたものだから、兄貴が不憫で堪らなくなったんだろう……。ほんの少しでも光吉のことを偲《しの》んでくれる節が見られたらまだ許せたんだろうが、蘇芳はそんな男がいたことすら忘れているようでよ。それで、わざと月に一度訪ねてくる小間物の担い売りと親しげに振る舞ってみせ、これまで内儀《おかみ》さんは誰から小間物を求めていたのかと水を向けてみても、蘇芳は担い売りのことなど憶えていないとけんもほろろ……。そんな莫迦なことってあるか！　とお須美は完全にぶち切れちまったんだな。それで、悪さのつもりで、半年前《めえ》に脅迫文を書こうとしたが、哀《かな》しいかな、お須美は不文字だ……。そこで、あれこれと考えているうちに、光吉が蘇芳に六年待ってくれと言った言葉を思い出したんだな。数字一文字なら自分にも書ける……。それで宛名書きを日々堂の代書に頼み、月に一度、浅草から来る小間物の担い売りに、大川より西で町小使に渡してくれ、と文と飛脚賃を渡していたのだというのよ。わざわざ担い売りにそうさせたのは、おめえの読みどおりでよ……。日々堂の管轄から出したのでは、配達するのも日々堂とあり、すぐに足がつくと思ったからでよ」

「じゃ、やっぱり、お須美は蘇芳さんが親分やあたしに犯人捜《さが》しを頼んだもんだから、それで、顫え上がっちまったんだね」

「ああ、そういうことだ……。実際に五月五日が来たらどうするかまでは決めていなかったようだが、俺たちの話を盗み聞きしたものだから、居ても立ってもいられなくなったそうでよ。朝餉のあと煎じ薬を煎じていて、咄嗟に現在《いま》がそのときと思ったんだろう……。それで、小菊が先に団子の中に殺鼠剤を混ぜていたのを思い出し、夢中で小瓶《こびん》を手にしたが、まだ充分残っていると思った殺鼠剤が瓶の底に少ししか残っていなかったのが幸いした……。お須美は蘇芳が生命《いのち》を取り留めたと聞き、心から安堵《あんど》した顔をしたからよ。そうよ、こうも言っていた……。済まなかった、本当は内儀さんを恨んじゃいなかった、むしろ逆で、最初《はじめ》は兄さんを誑《たぶら》かした内儀さんを憎らしく思っていたのに、仕《つか》えているうちに次第に自分までが内儀さんに惹かれていくようになり、その気持が怖くて怖くて堪らなくなったのだ、あんなに美しい女《ひと》がいるから男が惑《まど》わされる、いっそいないほうが……、とそう思うようになってきたんだとよ」

友七が苦渋《くじゆう》に満ちた顔をする。

お葉もふうと溜息を吐いた。

お須美は次第に蘇芳に心を奪われていく自分に戦《おのの》いたのであろう。

愛しくて切《せつ》なくて、そう思う我が心が恨めしい……。

それは、恋するものなら誰もが想う心情であろう。

「それで、お須美さんはどうなるんだろう」

お葉がそう呟くと、友七は唇をへの字に曲《ま》げた。

「さあな……。それはお白洲《しらす》で決まることなんだが、伊賀屋の旦那が情状酌量《じょうじょうしゃくりょう》を願い出たというからよ。まっ、蘇芳の意識が戻ったことでもあるし、旦那が言ってたぜ。お須美を許すことが光吉への功徳《くどく》になればって……。おっ、見ろや！　船が入《へえ》って来たぜ」

友七が立ち上がり、沖合を指差す。

流人船は沖合で停泊《ていはく》し、そこで流人が小舟に移され栈橋まで戻って来るのである。

お葉はみすずの手を引き、栈橋へと歩いて行った。

四半刻ほどして、小舟から役人に付き添《そ》われ、ご赦免《しゃめん》になった流人が陸《おか》に上がってきた。

みすずが伸び上がるようにして、流人の列を眺《なが》めている。

「みすず、おとっつァんはいたかえ？」

「ううん、まだ……」

「どうしてェ、遅《おせ》ェじゃねえか！　今日ご赦免になるのが十名として、ひィふゥみィ……。おっ、いたぜ。しんがりにいるのが伊佐治じゃねえか？　なっ、みすず、そうだよな？」

友七がみすずに声をかけ、再び流人の列に視線を戻し、おっ……、と絶句した。

伊佐治が役人に手を引かれているのである。

伊佐治は片腕を役人に預け、もう片方の手で前面を探るようにして、そろりそろりと脚を前にと運んでいた。

お葉の胸がきやりと揺れた。

まさか、目が見えないのでは……。

どうやら友七もそう思ったようで、おい、とお葉の袖を引く。

お葉は頷くと、みすずを引き寄せた。

「みすず、いいね、解っているね？　何があろうとも、おとっつァんを温かく迎えてやろうね」

みすずの目に、瞬《またた》く間に涙が盛り上がった。

みすずが黙って、うんうん、と頷く。

流人の列が目の前を通り過ぎていき、伊佐治が目と鼻の先に……。

「おとっつァん！」

みすずが堪りかねたように叫ぶ。

伊佐治はみすずの声に気づくと、はっと四囲に視線を彷徨《さまよ》わせた。

伊佐治はみすずがすぐ傍にいるのに、まだ右に左にと頭を動かしている。

みすずはお葉の手を振り解くと、伊佐治の腰にしがみついた。

「おとっつァん、みすずだよ！　おとっつァん……」

「みすず……、みすずか！　おお……」

伊佐治が腰を屈《かが》め、みすずの頬に手を伸ばす。

「みすず、おう、おめえは確かにみすず……。おとっつァんはよォ、おとっつァんはよォ……」

伊佐治がそう言いながら、みすずの顔を指でなぞる。

「いいんだ、おとっつァん、もう何も言わなくても……。おとっつァんはおとっつァんなんだから……」

みすずの頬を、後から後から涙が伝った。

おとっつァんはおとっつァんなんだから……。

みすずの言葉はお葉の言葉でもあった。

そうだよ、みすず！　それでいいんだ。何があろうとも、皆で支え合っていくんだからさ……。

お葉は胸の内で呟くと、涙を払うようにハッと顔を上げた。

優曇華《うどんげ》

「それで、立軒さまはなんだって？」

お葉が茶を淹《い》れながら文哉をちらと上目《うわめ》に窺《うかが》う。

文哉は困《こう》じ果《は》てたように眉根《まゆね》を寄せた。

「完全に失明してるんだって……」

お葉が息を呑《の》む。

「それは治《なお》る見込みがないってことなのかえ？」

「伊佐治さんの話では、頭を強打された直後は目が霞《かす》んだだけだったのが、次第にものの形が捉《とら》えにくくなったそうでさ……。けど、それでもまだ灯《あか》りを捉えることは出来てたらしいが、それすら出来なくなり闇の中に身を置くようになってもう久しいというからね。立軒さまが言われるには、何かの衝撃により網膜《もうまく》が剝《は》がれちまったんだろうって……」

文哉はふうと太息《ふといき》を吐《つ》いた。

「さっ、お茶をどうぞ。けど、失明するほど頭を叩《たた》くなんて、いくら流人《るにん》同士の喧嘩《けんか》だといっても酷《ひど》いことをするじゃないか！　伊佐治さんは生命《いのち》が助かっただけでも感謝しなくちゃならないと言ってたけど、目が見えなくなったんじゃね……」

お葉が忌々《いまいま》しそうに歯噛《はが》みする。

「けどさ、伊佐治さんて偉いよ。失明したと知ったときには、いっそひと思いに殺してくれていたほうがどれだけ楽だったかと天を恨《うら》んだが、こうして娑婆《しゃば》に戻り、みすずの声が聞けただけでも、ああ、生きていてよかったと思うと、そう言うじゃないか……。みすずがおとっつァんの前で手をついて、おっかさんを自裁《じさい》させちまったことを詫《わ》びたときにも、みすずのせいじゃねえ、おめえはよくやってくれたと礼を言ったばかりか、今やっと、何ゆえ光を失ってまで自分が生きていなければならないのか解《わか》ったような気がすると言ってね……」

「えっ、それは……」

お葉が訝《いぶか》しそうな顔をする。

「伊佐治さんが言うのさ。目が見えなくなって自棄無茶《やけむちゃ》になっていたところにご赦免《しゃめん》の知らせを受けたものだから、こんな身体《からだ》になって娑婆で生きていけるわけがないと、お役人にご赦免の辞退を申し出たんだってさ……。ところが、聞き入れてもらえなかった。お役人にしてみれば、厄介《やっかい》払いをしたかったんだろうさ……。目の見えない流人を島に置いていても労役《ろうえき》を課《か》すわけにいかないからね。伊佐治さんは島では要《い》らない人間なのだと思い知らされ、いっそ海に飛び込んでしまおうかと思ったそうでさ……。けれども、目が見えないばかりに、それすら出来ない。それで、渋々《しぶしぶ》戻って来たんだが、そんな遣《や》り切れない想《おも》いでいるときに、おとっつァん、とみすずの声が耳に飛び込んできて、思わず身体が顫《ふる》えたというじゃないか……。ああ、俺にはみすずがいる、姿は見えねえがちゃんと声は聞こえるし、触《さわ》れば肌で感じることも出来る……。そうでさ。そう思ったとき、自分は生きている、いや、生かされてる、と身を以《もっ》て知ったそうでさ。その後、みすずからおっかさんが自《みずか》ら果てていったことを聞くことになり、そのとき再び、伊佐治さんは頭を強《したた》かに打たれたように思ったというのさ。みすずが母親にあんな死に方をさせてしまったことをここまで悔《く》いているとは……、もう二度とみすずに後悔をさせちゃならねえ、そのためにも、毅《き》然《ぜん》として生きていく姿勢を見せてやらなきゃならない、それが自分に課せられた使命なのだと……。そんなふうに、伊佐治さんはみすずのために強く生きなきゃと思ったそうでさ……」

「まあ、そうだったのかえ……。あの日、せっかくの祝膳《いわいぜん》がお通夜《つや》みたいになっちまっただろ？　あたしたちも気にしながら家路についたんだが、じゃ、あたしたちが戻ってから、そんなことがあったんだね」

お葉は伊佐治を迎えた晩の祝膳を思い起こした。

祝膳の席では、誰もが伊佐治を気遣《きづか》ったせいか、言葉を選びながらの会話しか出来ず、気ぶっせいなことこのうえなかった。

そのため、克二が腕に縒《よ》りをかけて作ってくれたせっかくの料理を味わうどころか、やっと喉《のど》を通ったありさまで、半分以上も残してしまったのである。

そして、気まずい雰囲気に更《さら》に拍車《はくしや》をかけたのが、友七親分が不用意に放った言葉だった。

友七はみすずがいそいそと伊佐治の食事の世話をする姿を見て、その場にいた全員の耳に届くほどの溜息《ためいき》を吐いたのである。

「こうして飯《めし》を食うにも他人《ひと》の手を借りなきゃならねえとはよ……。伊佐治が娑婆に戻って来たら、俺が間に入《へえ》って瓦《かわら》職人に復帰させようと思っていたんだが、とんでもねえや！　いってえ全体《ぜんてえ》、どうしたらいいんだか……。こうなりゃ、いっそのこと、按摩《あんま》になるか音曲《おんぎよく》の道に進むか、それしかねえもんな」

あっと、全員が息を呑んだ。

みすずの顔から瞬《また》く間に色が失《う》せ、お葉と文哉が鋭い目で友七を睨《ね》めつけた。

「親分、現在《いま》そんなことを言うことはないだろう！」

「そうさ！　こんなめでたい席だというのにさ。今後のことは追々《おいおい》考えればいいんだからさ！」

「けどよ、追々考えるといっても、いつまでも何もしねえで、文哉の世話になっているわけにはいかねえだろうに……」

「親分、てんごう言うのも大概《たいがい》にして下さいな！　うちは伊佐治さんがいつまでいてくれてもいいんだよ。ここにいればみすずがおとっつァんの世話をしてやれるし、伊佐治さんだって、そのうち、目が見えなくても家の中の様子が判《わか》るようになるだろう……。そうすれば、伊佐治さんにも出来ることがあるかもしれない」

文哉が伊佐治の顔色を窺いながら言った。

「そりゃそうだ！　親分、何もそう先へ先へと気を逸《はや》るこたァありやせんぜ……。物事はなるようにしかならねえんだ。せめて、今宵《こよい》はその話は止《よ》しにしやしょうぜ」

正蔵もそう言い、その場はなんとか収まったのであるが、かといって、座を盛り上げる話もなく、結句《けっく》、長旅で伊佐治が疲れているだろうからと、その夜は早々とお開きになったのである。

その後も、お葉は伊佐治やみすずがどうしているのだろうかと気懸《きが》かりでならなかった。

が、忙しさにかまけてその後も千草の花を訪ねていなかったのだが、今日は文哉のほうから訪ねて来てくれたのである。

聞くと、伊佐治を連れて佐賀町の添島立軒の診療所を訪ねて来たのだという。

なんでも、立軒の診察を受けたいと言い出したのは伊佐治で、どうやら、立軒の口からはっきりと引導《いんどう》を渡してもらいたかったようである。

「添島さまに視力の恢復《かいふく》は望めないと言われたときの伊佐治さんの顔を見せたかったよ。あたしさァ、もっと落胆するかと思っていたんだが、存外にさばさばとした顔をしていてさ……。これで腹が決まりやした、これからは盲人《もうじん》として前向きに生きていきてェと思いやすと言ってさ……」

文哉はそう言い、憑《つ》き物でも落ちたかのような顔をした。

「お陰《かげ》で、あたしの腹も据《す》わってさ！　先《せん》には、みすずがあたしの義娘《むすめ》になったんだから、伊佐治さんには伊佐治さんの道を歩んでいってもらいたいと思っていたけど、現在《いま》はもう違う……。このままずっとうちにいてもらってもいいと思うようになってさ」

お葉が驚いたように文哉を見る。

「何さ、その顔は……。おまえさんがあたしの立場でも、きっとそうしたと思うよ。違うかえ？」

お葉は慌《あわ》てて首を振った。

「違やしない……。ああ、きっと、あたしもそうしただろうね。目の見えない伊佐治さんを一人で追い出すわけにはいかないもの……。それに、みすずがおとっつァんを放っておくわけがない！」

「そうなんだよ。あたし、思ったよ。みすずを養女にしようと思ったときに、すでにこうなる宿命《さだめ》にあったんだって……。よし乃屋の旦那と別れてからのあたしは、抜《ぬ》け殻《がら》みたいなものでね。ただただ負けてなるもんかと肩肘《かたひじ》を張って生きてきたのだが、支えたり支えられたりする者のいない寂《さみ》しさから免《まぬか》れなかった……。それが、みすずを養女にすることで、あたしは生《い》き甲斐《がい》を貰《もら》えてね。そして、今度は伊佐治さん……。人別帳《にんべつちょう》には住み込みの使用人として記《しる》すつもりだよ。みすずもよく解ってくれてね。人前では、おとっつァんと呼ばずに、伊佐治さんと呼ぶと言ってね……。それにね、あたし、驚いちまってさ！　伊佐治さんね、篠笛《しのぶえ》が上手《うま》いんだよ。なんでも、島に渡ってから覚えたそうなんだけど、これが素人芸《しろうとげい》ではなくってさ！　そこで考えたんだけど、お座敷で披露《ひろう》させるってわけにはいかないだろうか?」

文哉がお葉の顔を覗《のぞ》き込む。

「お座敷って……。えっ、芸として披露するってことかえ?」

お葉が目をまじくじさせる。

お座敷芸として三味線《しゃみせん》や鼓《つづみ》、太鼓《たいこ》、笛が披露されることがあるが、大概が他の楽器との協奏で、篠笛だけというのはこれまで聞いたことがない。

「篠笛だけでは寂しいし、どうしてもお囃子《はやし》を連想してしまうというのなら、琴《こと》や三味線に合わせて長唄《ながうた》、端唄《はうた》を奏《かな》でるって手もあるし、そこで、お葉さんに頼みなんだが、見番《けんばん》に話をつけてもらえないかと思ってさ……」

ああ……、とお葉が頷《うなず》く。

なるほど、文哉はそれを頼みたくてやって来たのだ。

「ああ解ったよ。話してみようじゃないか。見番だけでなく、心当たりの料理屋にも話しておくよ」

「ああ良かった! 訪ねて来た甲斐があったよ。花柳界のことは、なんといっても、辰巳《たつみ》芸者で一世を風靡《ふうび》した喜久治《きくじ》さんに頼むのが一番だもんね! あたしもさァ、最初《はじめ》は親分が言うように伊佐治さんを座頭《ざとう》の道に進ませてはどうかと思ったんだが、座頭の道も上下の関係があって大変だというじゃないか……。伊佐治さんも自分は一《いっ》匹狼《ぴきおおかみ》でいたいというし、幸い、ここは深川だ。地の利《り》を生かさない手はないからね。それで思い切って相談してみることにしたんだよ」

「じゃ、伊佐治さんもその気なんだね？」

「ああ、最初《はじめ》は人前でそんなことが出来るだろうかと尻込みしてたけど、みすずの、おとっつァんなら出来る、と言ったそのひと言で、覚悟が出来たようなんだよ。まっ、お葉さんも一度聴《き》いてみるといい！　それは胸が顫えるからさ……」

「ああ、是非《ぜひ》、聴かせてもらいたいもんだね」

「じゃ、決まりだね！　早く帰って、伊佐治さんとみすずに知らせてやらなきゃ……」

「文哉さん、待っておくれよ！　伊佐治さんに伝えるのは、あたしが見番に話をつけてからにしておくれよ。話したのはいいがよい顔をされなかったのでは、失望させちまうことになるからさ。さして待たせはしない。午後からでも見番を覗いてくるからさ！」

お葉がそう言うと、文哉も納得したように頷いた。

見番では、伊佐治に篠笛を披露させてくれないか、というお葉の申し出を快《こころよ》く呑んでくれた。

「盲人といえば琵琶《びわ》と相場が決まっているが、篠笛とな？　変わっていていいじゃないか。試《ため》しに、吉田《よしだ》屋の座敷で披露してみちゃどうかな。場所は山本町《やまもとちょう》のかすみ亭《てい》だが、喜久治さんも知ってるだろう？　おお、これは済まなかった。現在《いま》は日々堂の女将《おかみ》お葉さんだったんだよな？　おまえさんが芸者から脚《あし》を洗って四年も経《た》つというのに、おまえさんの顔を見ると、つい、辰巳芸者だった頃のことを思い出してね……。というのも、此《こ》の中《じゅう》、おまえさんのように三味《しゃみ》線の腕が立ち喉《のど》のよい芸者がいなくてね……。おまけに俠《きゃん》で鉄火《てっか》な伝法肌《でんぽうはだ》といった、辰巳芸者を絵に描《か》いたような芸者が少なくなってね……。つくづく、おまえさんに退《ひ》かれて三百落《さんびゃく》としたような気でいますよ」

澤二郎《さわじろう》という元締は脂《あぶら》ぎった頰《ほお》を弛《ゆる》め、にっと笑った。

どうやら、まんざら世辞口《せじぐち》でもなさそうである。

が、澤二郎は改まったようにお葉に目を据えた。

「ところで、伊佐治という男は失明してまだ日が浅いようだが、お座敷で使うとしても、供をつけずにお座敷まで来られるのだろうか……」

「…………」

お葉には返答のしようがない。

正《まさ》な話、そこまで考えていなかったのである。

「どうした？　答えられないのかい？」

「恐らく、誰か供がつくと思いますが……」

「まっ、それならいいが、見番を当てにしてもらっては困るからよ」

「ええ、解っています。そのことは戻って文哉さんとよく話してみます」

「文哉？　おお、熊井町に千草の花という小料理屋を開いた、あの女《おな》ごか……」

「文哉さんをご存知で？」

「いや、逢《あ》ったことはないが、先に吉田屋の旦那が話していたのを憶《おぼ》えていてよ……。おっ、そう言えば、文哉という女ごはよし乃屋の旦那のこれだったのじゃなかったかな？」

澤二郎が小指を立ててみせる。

お葉は困じ果てた顔をして頷いた。

「だが、おまえさんも妙な女ごよのっ！　よし乃屋はあの女ごのせいで身代《しんだい》を失う羽目になり、旦那があんな死に方をしちまったというのに、娘のおまえさんが文哉と親しくしているとは……」

澤二郎が首を傾《かし》げる。

お葉はきっと目を返した。

「まったく、世間というのはこうまでいい加減《かげん》なんだから、呆《あき》れ返っちまう！　よし乃屋が身代限《しんだいかぎ》りになったのは文哉さんのせいじゃないんだよ。あんまし恥ずかしくて大きな声じゃ言えないんだけど、実は、おっかさんが上方《かみがた》から来た陰陽師《おんみょうじ》に入れ揚《あ》げ、見世《みせ》の有り金を持って逃げたもんだから、二進《にっち》も三進《さっち》もいかなくなったおとっつァんが、借財が大きくならないうちにと見世を畳《たた》んで店衆《たなし》に餞別《せんべつ》を与え、あたしには纏《まと》まった金を遺《のこ》して首縊《くびくく》りしちまったんだ……。あたしは文哉さんを恨《うら》んじゃいない！　恨むとしたらおっかさんでさ。ふふっ、そのおっかさんも去年の暮れに死んじまったけどさ……」

「ほう、よし乃屋の内儀《ないぎ》が……。じゃ、おまえさんが看取《みと》ったってわけで？」

「看取ろうにも、江戸に舞い戻ってからもずっとあたしを避《さ》けて暮らし、死に目にも逢えなかったんだからさ！　もう止そうよ、こんな話……」

「おお、これは済まなかったね。だが、お葉さん、すっかり便り屋の女将らしくなられましたな。自分のことをあっち、、、と言っていなさったのが嘘《うそ》のようだ……。ええ、ええ、解りましたよ。伊佐治という男のことは委《まか》せておくれ」

澤二郎は愛想《あいそ》のよい笑顔を寄越《よこ》した。

お葉は見番を出ると、山本町へと脚を向けた。

澤二郎はかすみ亭で醤油《しょうゆ》問屋吉田屋の座敷が開かれ、その席に伊佐治を呼ぶと言ったが、かすみ亭はお葉の馴染《なじ》みの料理屋である。

ひと言、挨拶《あいさつ》しておいたほうがよいと思ったのである。

油堀《あぶらぼり》を目掛けて歩いて行きながら、お葉はふっと不思議な因縁《いんねん》を感じた。

思えば、文哉と再会したのもかすみ亭だった。

あのときは、吉田屋の主人助三郎《すけさぶろう》に逢わせたい人がいると宴席に招かれたのである。

それが、文哉だった。

四十路《よそじ》半《なか》ばで面長《おもなが》、中高《なかだか》、喜多川歌麿《きたがわうたまろ》の美人画に出て来そうな面差《おもざ》しをした女ごは、お葉には見覚えがなく初対面なのかと思ったが、そうではなかった。

聞けば、お葉が七、八歳の頃に逢っているというのである。

助三郎は、文哉はお葉の父嘉次郎の世話になっていた女ごだ、と説明した。

「どうやら、おまえさんはあたしがよし乃屋と親しくしていたのを知らないようだね？　まっ、それはそうだろう……。おまえさんは当時子供だったし、喜久治と名乗り座敷に出るようになっても、あたしはよし乃屋のことには触れなかったからね。わざわざ忌《い》まわしき過去を思い出させることはないと思い、それで、日々堂の朋友《ほうゆう》という形でおまえさんに接した……。と、まあ、そんなわけなんだが、おまえさんも認めるように、あの女《ひと》（お葉の母久乃）は世間のかみさんのように泰然《たいぜん》と構えていることが出来なくてさ。妾宅《しょうたく》帰りの亭主を摑《つか》まえ、すぐさま女ごと別れろ切れろと包丁を振り翳《かざ》すありさまでよ……。だが、よし乃屋は優柔不断というか、文哉を切ることも、女房に退状《のきじょう》（離縁状）を書くことも出来なかった……。それで、あるとき、かみさんが文哉を御船蔵前町《おふなぐらまえちょう》まで呼びつけるや、当時まだ七、八歳だった娘の喉に包丁を突きつけ、娘の喉を搔《か》き切り自分もあとを追う、と迫った……。文哉はそのときのおまえさんの怯《おび》えた顔を見て、自分の存在が頑是《がんぜ》ないこの娘の運命を狂わせようとしているのかと、そう思ったそうでよ。それで、よし乃屋に行き先も告げずに深川を去った……。なっ、そうだよな？」

助三郎はそう言い、文哉を窺った。

文哉も本当に済まないことをしてしまった、現在《いま》でもあのときのおまえの目が忘れられなく、この娘からおとっつァんを奪ってはいけないと思ったと頭を下げた。

その後、文哉は流れ流れて谷中天王寺前《やなかてんのうじ》のいろは茶屋の女郎にまで身を落としたが、いつの日にか居酒屋の一軒でも持てるだけの金を貯《た》めようと、懸命《けんめい》に働いた。

そうして、やっとのことで三月《みつき》前に深川に戻って来て、そこで初めて、文哉はよし乃屋が身代限りとなり、嘉次郎が首縊りして果てたことを知ったという。

自分が身を退けばすべてが元通りとなり、よし乃屋が甘《うま》く回ると思っていた文哉には信じられないことだったのであろう。

お葉はよし乃屋が身代限りとなり、父親《てておや》があんなことになったのは、母久乃のせいなのだと話した。

「あたし、今まで、おっかさんがおとっつァんとあたしを捨てて陰陽師の許《もと》に走ったのは、女ごの性《さが》がさせたことと思っていたんですよ。けど、あの女《ひと》をそこまで追い詰めたのには理由《わけ》があった……。文哉さんの話を聞いて、それが解ったような気がしてさ。おまえさんが狂おしいほどまでにおとっつァんに惚《ほ》れたように、あの女《ひと》はあの女《ひと》なりに、おとっつァんに惚れてたんだよ！　けど、我が強く気位の高い女《ひと》だから、それを上手《うま》く表現できなかった……。言葉や態度で表そうとすればするほど、持ち前の気位が邪魔をして、背《そむ》けて言ってしまうんだよ。それで、おとっつァんの気持はますます文哉さんへと傾き、そのたびに、おっかさんは肝精《きもせい》（焼き餅）を焼いた……。何もかもが悪いほうへ悪いほうへと空回《からまわ》りをし、あたしの喉に包丁を突きつけたときには、あの女《ひと》、完全に心気病《しんきやみ》に罹《かか》ってたんじゃなかろうか……。とても、尋常《じんじよう》な人のすることじゃないからね」

お葉はそう言い、久乃が見世の金を持ち出し陰陽師のあとを追ったのは、嘉次郎への復讐だったのかもしれないと続けた。

「だって、女房に他の男と逃げられるなんて、男にしてみれば屈辱《くつじよく》だからね。おっかさんはおとっつァんに屈辱を味わわせたかったんだよ！　見世の金を持ち出したのも、常に、おっかさんの腹の中に、よし乃屋をここまでにしたのは自分だという自負心があったから……。そう思うと、あの女《ひと》も辛《つら》かったんだろうなと思えてきてさ。惚れた男と手に手を取り合って逃げたのなら別だが、復讐のためにしたことだとすれば、とてものこと、幸せには程遠い……」

お葉はそこまで言うと、あっと息を呑んだ。

文哉の頰を、つっと涙が伝い落ちたのである。

「ごめんよ。済まなかった……。結句、あたしがおまえたち家族の運命を狂わせちまったんだね……。けどさ、どんなに罵《ののし》られようと構わない。あたし、旦那に、嘉次郎さんに出逢っちまったんだもの。出逢っちまったから、惚れちまった……。うぅん、現在《いま》も惚れている！　これから先もずっと……。あれから流れの里に身を落とし、あたしの身体を何人の男が通り過ぎていっただろう。けど、後にも先にも、あたしには、あの男《ひと》ほど、愛《いと》しい男《ひと》はいなかった。これが、宿世《すくせ》の縁《えにし》なのかもしれないと思ってさ。ウッウウ……。許しておくれ。どんなに誹《そし》られようと、蔑《さげす》まれようと、あたしの心の中からあん男《ひと》を追い出すわけにはいかないんだ……」

文哉はそう切々《せっせつ》と嘉次郎への想いを語った。

お葉は文哉の素直な心に打たれた。

そして、不思議なことに、久乃には終《つい》しか抱くことのなかった親近感を覚えたのである。

そうして、現在《いま》では実の母か姉のように接していて、文哉はお葉にはなくてはならない存在だった。

その文哉と引き合わせてくれた吉田屋助三郎の座敷で、今また、文哉が請人《うけにん》となった伊佐治が、初めて客の前で篠笛を披露しようというのである。

しかも、その場所がかすみ亭だとは……。

奇遇《きぐう》というより、縁《えにし》の糸で結ばれているとしか思えなかった。

かすみ亭の玄関口が見えてくる。

お葉は深々と息を吐き、気合を入れるようにして門を潜《くぐ》った。


かすみ亭の玄関先で訪《おとな》いを入れると、下足番の多平《たへい》が中庭のほうから庭箒《にわぼうき》を手に現れた。

「これは……。なんと、喜久治さんじゃねえか！　えっ、今日、お座敷がかかってたっけ？」

多平は訝しそうな顔をしたが、すぐにお葉がもう芸者でないことを思い出したとみえ、えへっと照れ臭そうに肩を竦《すく》めた。

「いけねえや……。おめえさんがもう芸者でねえってことをころりと忘れちまって……」

「いいんだよ。いまさっき見番でもそう言われたばかりでね！　旦那や女将さんはいるかえ?」

多平はやっとお葉が御亭《ごてい》に用があって来たのだと悟《さと》ったらしく、ええ、おいでですが、あっ、旦那に呼ばれていらしたんで? と帳場に向けてちょいと顎《あご》をしゃくってみせた。

「いや、呼ばれたわけじゃないんだがね。たまたま近くまで来たもんだから、ちょいとご機嫌伺《きげんうかが》いをと思ってさ」

「さいで……。じゃ、日々堂の女将さんが見えたと奥に知らせてきやすんで……」

多平が足早に帳場へと歩いていく。

玄関の式台を上がると、真ん中に廊下が奥へと伸びていて、左手に座敷が二つ並び、右手が二階に上がる階段、その下が帳場となっている。

芸者をしていた頃には、喜之屋の喜久治にござんす、と廊下から帳場に声をかけて二階に上がったものである。

帳場の障子《しょうじ》が開いて、女将の竜代《たつよ》が懐《なつ》かしそうに駆けて来た。

「まあ驚いた! 多平から喜久治さんが訪ねて来たときいても俄《にわか》に信じられなかったんだけど、まあ、本当だったとは……。さあさ、お上がりよ! まあ、何年ぶりだろうか……。おまえさんが喜之屋を去ってから逢っていないんだもんね」

竜代が品定めでもするかのように、頭のてっぺんから爪先《つまさき》までを睨《ね》め下ろす。

そう言えば、この前吉田屋の座敷に呼ばれてここに来たのは客人としてで、かすみ亭の御亭には挨拶をしていなかったのである。

「まっ、相変わらずお綺麗《きれい》だこと！　芸者の頃と少しも変わらないじゃないか……。ううん、むしろ風格が加わり、乙粋《おついき》さがうんと増したよ。もうすっかり便り屋日々堂の女将になりなんだね。あら嫌だ！　玄関先で立ち話だなんて……。さっ、早くお上がりよ！」

竜代に促《うなが》され、では、失礼しますね、とお葉が式台に脚《あし》をかけたそのとき、帳場から五十路《いそじ》半ばの女ごが俯《うつむ》き加減に肩を丸めて出て来た。

「じゃ、あたしはこれで……」

女ごの後から出て来たかすみ亭の御亭三代治《みよじ》が、苦虫《にがむし》を嚙《か》み潰《つぶ》したような顔をして、ああ、よい返事が出来なくて済まないな、と呟く。

女ごは恐縮したように肩を丸め、腰を折ると、逃げるようにしてお葉の脇を擦《す》り抜けた。

お葉の胸がきやりと揺れた。

横顔しか見えなかったが、どこかで見たような……、と思ったのである。

が、女ごは多平の差し出す歯のちびた下駄《げた》を履《は》くと、顔を背けるようにして外に出て行った。

竜代が眉根を寄せ、さっ、早く上がんなよ、とお葉の背を押す。

帳場に入ると、三代治が傍《そば》に寄れと手招きをした。

「喜久治、よく来てくれたな！　おめえさん、日々堂の女将になった途端《とたん》に寄りつかなくなるなんて冷てェじゃねえか……。どれ、顔をよく見せておくれ。なんと、元々品者《しなもの》（美人）だと思っていたが、後家《ごけ》になるとこうまで凜然《りんぜん》と輝くものかよ！　なっ、竜代、おめえもそう思わねえか？」

「ああ、あたしもさっきそう言ったばかりでね」

「ご無沙汰《ぶさた》して申し訳ありません」

「そうでェ！　おめえさんが甚三郎さんと所帯を持ったのはいいが、わずか半年で亭主に死なれちまったもんだから、俺たちがどれだけ心配したか……。女ごのおめえさんに日々堂を束《たば》ねていけるのだろうかとよ。しかも、生《な》さぬ仲の餓鬼《がき》まで背負わなくちゃならねえんだからよ……。が、それも、風の便りにおめえさんが女将としてしっかり店衆を束ねていると伝わってきたものだから、取り越《こ》し苦労に過ぎなかったと安《あん》堵《ど》したってわけだ……。だがよ、忙しいのは解るが、たまには顔を見せてくれてもよ三代治にそこまで言われては、いや実は、一度吉田屋のお座敷に呼ばれて来たのだ、とますます言えなくなってしまうではないか……。

お葉は気を兼ねたように、もう一度頭を下げた。

「そう責められても仕方がない……。いえね、決してお二人のことを忘れたわけじゃなかったんだよ。だが、現在《いま》じゃ、およそ芸事《げいごと》とは縁のない暮らしをしているもんだから、お二人の顔を見ると、つい里心がついちまうのじゃないかと思ってさ……。それより何より、忙しくってさ！　雑事に追われる毎日で、正な話、やりたいことの半分も出来ないのが現状でしてね。と、まあ、弁解しても仕方がない……。不義理をしてしまい、申し訳なかったね」

「もういいんだよ。おまえさんもなんだえ！　せっかく喜久治さんが来てくれたというのに、そう繰言《くりごと》を募《つの》ったんじゃ、もう二度とここには脚を向けたくないと思われちまうだろうに……。ごめんよ、許してやっておくれ。いえね、この男《ひと》、本当は嬉《うれ》しくって堪《たま》らないんだよ。さあ、お茶をどうぞ」

竜代が茶を勧《すす》める。

お葉はかすみ亭に来る途中で買い求めた柏餅《かしわもち》をそっと竜代の前に差し出した。

「長命寺《ちょうめいじ》のじゃなくて悪いんだけど、端午《たんご》の節句《せっく》が近いんでね」

「おや、柏餅かえ？　亭主の大好物でね」

竜代は嬉しそうに頬を弛め、早速《さっそく》、竹皮を剝《は》いで小皿に柏餅を移すと神棚に供《そな》え、ポンポンと手を打った。

「お持たせだけど、あたしたちも頂《いただ》こうじゃないか。ところで、今日は何か用があってきたんだろう？　まさか、あたしたちの顔が見たかったたってわけじゃないだろうからさ」

竜代が小皿に柏餅を取り分けながら言う。

「女将さんにかかっちゃ形なしだよ。何もかもお見通しなんだからさ！　実はね、ここに来る前に見番に寄って来たんだけどさ……」

お葉が伊佐治のことを説明する。

三代治たちは伊佐治が島帰りと聞いて心なしか眉根を寄せたが、遠島となったのが、幇間《ほうかん》（太鼓持ち）の豆太が町娘にちょっかいを出そうとしたのを助けに入り、揉《も》み合《あ》いの末、豆太が隠し持っていた匕首《あいくち》で逆に豆太の腹を突き刺してしまったのが原因と聞くや、伊佐治にいたく同情した。

「お上も酷《ひで》ェことをしやがるじゃねえか！　それで、豆太がお咎《とが》めなしだとはよ……。豆太が大怪我《おおけが》をして一時期座敷に出なかったことがあったが、するてェと、あのときがそうなのか……。豆太のやつ、どろけんへ（酩酊《めいてい》状態）になった暴漢に理由《わけ》もなく刺されたなんてことを吹聴《ふいちよう》して歩いていたが、そうだったのかよ……。まっ、俺たちは舌先三寸の豆太のことだから、端《はな》から信用しちゃいなかったんだがよ」

「けどさ、やっとご赦免になったというのに、目が見えなくなったんじゃね……。伊佐治って男も、よくよく運の悪い男だよ。で、篠笛が上手いんだって？」

竜代が気を利《き》かせ、話を先へと向ける。

「ああ、そうなんだってさ。と言っても、あたしはまだ聴いちゃいないんだがね……。けど、千草の花の女将《おかみ》が太鼓判《たいこばん》を押すところを見ると、まず間違いないと思うよ。いえね、座頭の道に進むことも考えたんだろうが、あの世界は縦《たて》社会だろ？　伊佐治さんも端から目が見えなかったわけではなく、失明したのが四十路半ばだからさ。現在《いま》からその世界に入って行くのは厳しいのじゃなかろうかと思ってさ……」

お葉がそう言うと、竜代が納得したように頷く。

「それで篠笛をね……。ああ、あたしはよい考えだと思うよ。ここは深川だもの、見番が了解してくれたのなら、いくらでも仕事はあるさ！」

「だが、喜久治がそこまでその男に肩入れするとはよ。いったい、どんな関係があるのよ」

三代治に言われ、お葉がみすずの身の有りつきを話して聞かせる。

「まっ、なんて健気《けなげ》な娘なんだろう……。おとっつァんが島送りになったとき、十二歳だったとはさ……。そんな年端《としは》のいかない娘が病のおっかさんの世話をしてきて、そのおっかさんに目の前で自裁されてみな？　喜久治さん、おまえさんがその娘に肩入れする気持が解ったよ。おまえさんもおとっつァんに首縊りされちまったんだもんね。遺された娘の気持は誰よりも解って当然だ……。けど、その文哉って女ごも偉いじゃないか！　娘を養女として引き取ったばかりか、今度は父親《ておや》の請人にまでなったんだもんね……。ええ、ええ、解りましたよ。及ばずながら、かすみ亭も力を貸しましょうぞ！」

竜代は涙に潤《うる》んだ目をお葉に向けた。

「それで、見番から聞いたんだが、近日中に吉田屋のお座敷がここであるんだってね？　それで、手始めに、その座敷で伊佐治さんにお披露目させちゃどうだろうかって……」

ああ……、と三代治と竜代が顔を見合わせる。

「三日後なんだけどね。そう、それがいいかもしれない。吉田屋の旦那は酸《す》いも甘《あま》いも知った方だから、事情を話せば快く引き受けて下さるだろうからさ！」

竜代が、ねえ？　と三代治の顔を覗き込む。

「あたしも吉田屋の旦那とは懇意《こんい》にしているもんでね。幸い、旦那は文哉さんとも親しくしていてさ。そう思うと、この機宜《きぎ》を逃しちゃならないように思えてさ！」

お葉はほっと息を吐いた。

「吉田屋の旦那と千草の花の女将が親しいって？　ああ、そうか！　旦那は千草の花の常連ってわけか……」

三代治が仕《し》こなし顔に頷く。

お葉の胸がじくりと疼《うず》いた。

吉田屋助三郎が何ゆえ文哉を知っているのか、それを話せば、お葉の父嘉次郎と文哉の関係まで話さなければならなくなる。

別に知られたところで構わないが、それを話せば長くなる。

お葉は喉元まで出かけた言葉を、ぐっと呑み込んだ。

「だがよ、おまえさんの頼みがそんなことでよかったよ。さっき来た女ごなんて話にもならねえからよ」

三代治が苦々《にがにが》しそうに呟き、竜代の顔をちらと窺う。

「ちゃんと断ってくれたんだろうね？」

「ああ、断ったさ。仏の顔も三度まで……。俺もそうそう甘《あめ》ェ顔をしていられねえからよ」

「三度だって！　天骨《てんこち》もない。あの女《ひと》が金の無心をしてきたのは、これで五度目なんだよ」

「五度目だって？　いや、俺《おり》ャ、知らねえぜ」

竜代が怖《お》ず怖ずと三代治の顔を窺う。

「ごめんよ……。実は、おまえさんが出掛けているときに訪ねて来たことがあってさ。亭主が留守なんであたしには何も出来ないと言ったんだけど、どうしても今日中に薬料《やくりよう》（治療費）を払わなくちゃならないと涙を零《こぼ》すもんだから、二朱《しゆ》渡したんだよ。そしたら、三日後にまた訪ねて来てね。医者に二朱じゃ足りないと言われたんで、もう一朱貸してくれと言うじゃないか……。貸すったって、結句、返しゃしないんだから、くれてやるのも同じなんだが、まあ一朱くらいならと思って渡したんだよ……。おまえさんに言わなかったのは、あたしの小遣《こづか》いで間に合ったもんだから、その程度ならいいかと思ってさ……」

「そりゃ、いつのことでェ」

「確か、七五三の頃だったから、半年くらい前のことかな？」

「半年前だって？　てんごうを！　恵比須講《えびすこう》の前に五両用立ててやったばかりじゃねえか……。それなのに、一月《ひとつき》もしねえうちに、もう薬料を払う金もねえってか？　おめえも無礼《なめ》られたもんじゃねえか！」

三代治が竜代を睨《にら》みつける。

「なんだよ、おまえさんだって、今年に入ってから、三両、二両と立て続けに用立てたくせして！　なんだのかんだの言って、あの女ごにもう十両以上もせしめられてるんだからさ。それで、もうこれ以上は鐚《びた》一文用立てちゃならないと、二人の間で取り決めたんじゃないか」

お葉は言葉を挟《はさ》んでよいものかどうか迷っていた。

すると、竜代がはっとお葉に目を向けた。

「そうだよ、喜久治さんも知っているだろう？　ほら、さっき玄関で擦れ違った女ご……」

えっと、お葉は目を瞬《しばたた》いた。

どこかで見たようなと思ったが、では、やはり顔見知りだったのか……。

「ええ、どこかで見たような気がしたんだけど、横顔しか見えなかったし、相手もあたしのことを知らないようだったから……」

お葉がそう言うと、竜代ははンとせせら笑った。

「相手がおまえさんを知らないだって？　天骨もない！　蘭丸《らんまる》さんだよ……」

「………」

お葉は絶句した。

蘭丸といえば、かつて三味線の達人《たつじん》と呼ばれた姐《あね》さん芸者で、お葉が憧憬《しょうけい》の目を向けていた女ごである。

確か、歳《とし》はお葉より十七歳ほど上で、従って、お葉が半玉《はんぎょく》になった頃が蘭丸の全盛期といってもよいだろう。

それが、ある時期よりふっつりお座敷で姿を見かけなくなったのである。

やがて、蘭丸にまつわる噂《うわさ》が次々に飛び込んできた。

大店《おおだな》に落籍《ひか》されたという者もいれば、いやいや駆け落ちしたのだ、病でとても人前に出られる状態ではないのだとかさまざまな噂が飛び交《か》ったが、どれも信憑性《しんぴょうせい》があるとは思えなかった。

だが、人の噂も七十五日とはよく言ったもので、やがて他人《ひと》の口端《くちは》に上《のぼ》らなくなり、いつしか蘭丸という三味線の名人がいたことすら忘れかけていたのである。

お葉は蘭丸が三味線を奏でるのを実際に聴いたことがない。

が、三味線の師匠や喜之屋の女将お楽《らく》から、三味線にかけては蘭丸の右に出る者はいないと聞かされる度《たび》に、糞《くそ》ォ、今に自分が皆の鼻を明かしてやる！　と固く心に誓ったのだった。

そうして、お葉が一本《いっぽん》（芸者）としてお座敷に出るようになったあるとき、粋方《すいほう》（粋人）の中の粋方と言われる客の一人から、喜久治こそが三味線の名人、と遂《つい》にお墨付《すみつ》きが貰えたのである。

「喜久治、やったじゃないか！　おまえこそ、深川一、いや、江戸一番といってよいだろう……。遂に蘭丸を抜きましたぞ」

お葉は天にも昇《のぼ》る心地《ここち》だった。

これまで蘭丸に追いつけ追い越せと我勢《がせい》してきて、やっと深川一と呼ばれるまでになったのである。

が、お葉は決して驕《おご》ることはなかった。

芸の道に到達点はないのである。

とはいえ、蘭丸が一つの目標であったことは否《いな》めない。

その蘭丸が……。

お葉より十七歳上だとすれば、現在は四十路半ばだというのに、五十路過ぎの老女かと思ったほど尾羽《おは》打ち枯らしたあの姿……。

恐らく、蘭丸にはお葉のことが判《わか》っていたに違いない。

いや、待てよ。もしかすると、蘭丸の意識の中には、喜久治という芸者はいないのかも……。

蘭丸を意識し、憧《あこが》れていたのはお葉だけで、蘭丸のほうでは半玉の喜久治など歯《し》牙《が》にもかけていなかったとも考えられる。

「あの女《ひと》が蘭丸姐《ねえ》さんだったとは……。けど、姐さんはあたしのことなんて憶えちゃいませんよ。当時、あたしはまだほんのネンネだったからね」

お葉がそう言うと、竜代は大仰《おおぎよう》に首を振った。

「いえいえ、憶えてるともさ！　おまえさんが一本になろうかってときのことなんだけど、お座敷でおまえさんのことが話題になったことがあってね……。蘭丸さんが三味線《しやみ》を披露した直後、客の一人が、おい、蘭丸、おまえもうかうかしていられないぜ、喜之屋の半玉喜久治って女ごは滅法界《めつぽうかい》三味線の腕が立つというからよ、十五や十六で師匠が舌を巻くってんだから、もう一、二年もするとおまえさんを追い越すかもしれない……、と言ったんだよ。そしたら、蘭丸の顔からさっと色が失せてね。それからなんだよ、蘭丸がおまえさんのことを意識するようになったのは……。見番でおまえさんが三味線の稽古《けいこ》を受ける日時を聞き出しては、時折、陰でおまえさんの音色《ねいろ》に耳を傾けていたというからね。当然、顔も知っていただろう……。それにさ、あたしたちがこの部屋で話しているときに多平がおまえさんの来たことを知らせに来ただろう？　あの女《ひと》、喜久治という名に凍《こお》りついたようになっちまってさ……。だから、顔を合わせないように這々《ほうほう》の体《てい》で帰って行ったのさ」

「ああ、そういうこった……。俺は喜久治に逢って行っちゃどうだ、と言ったんだが、あいつ、いいえ、先を急ぐんで……、と慌てて帰り仕度《じたく》を始めたからよ。零落《おちぶ》れた姿をおまえさんに見せたくなかったんだろうよ」

三代治も訳知り顔に言う。

「それで、蘭丸さんは現在《いま》何をしているのかえ？」

お葉が訊《たず》ねると、三代治は太息を吐いた。

「それよ……。十数年前に、蘭丸がふいに姿を消したのはおめえさんも知っているだろう？　あの頃、いろんな噂が飛び交ったが、本当のところは誰にも判っちゃいなかった……。というのも、蘭丸も出居衆《でいしゅ》（自前芸者）でどこにも縛《しば》られちゃいなかったからよ。その点ではおめえさんと同じだったんだが、おめえさんの場合は芸者から脚を洗う際に、喜之屋の女将にはきちんと筋を通したし、見番や主だった料理屋に挨拶に廻った……。ところが、蘭丸はひと言の挨拶もなしに姿を消してしまったんだからよ……。が、それも人それぞれで、誰にも迷惑をかけたというわけじゃないのだから仕方がねえと思っていたのよ。それで、蘭丸が深川にいたってことすら忘れかけていたんだが、去年の八月にひょっこり姿を現してよ……。正な話、俺ャ、最初《はじめ》は蘭丸と気づかなかった。それほど面差しが変わっていてよ。随分《ずいぶん》と辛ェ目《つれ》に遭《あ》ってきたのか、五十路過ぎの婆《ばあ》さんかと思うほど老《お》いさらばえてよ……。聞くと、松井町の履物屋の倅《せがれ》と駆け落ちをしたらしくてよ。浅草に移り住んで三味線の師匠をしながら身《み》過《す》ぎ世《よ》過《す》ぎしていたんだが、そうこうするうちに男が労咳《ろうがい》に罹り、病の床《とこ》に就《つ》くようになった……。それでも、蘭丸はすべては男に家を捨てさせた自分のせいなんだからと、病の男の世話をしつつ、出稽古の傍《かたわ》ら、ときには、雇仲《やとな》（臨時の仲居）のようなことをして立行《たちいき》してきたそうでよ。ところが、無理が祟《たた》ったのか、一年ほど前から指先に痛みや痺《しび》れが走るようになったらしくてよ……」

えっと、お葉が色を失う。

三代治は辛そうに顔を顰《しか》めた。

「筋を痛めてしまったんだろうが、そうなると三味線は持てねえ……。それで意地をかなぐり捨てて、松井町の履物屋を頼ることにして深川に戻って来たんだな。ところが、十何年ぶりに帰ってみると、男の双親はすでに亡くなり、妹が婿《むこ》を取って見世を継いでいたというのよ……。しかも、妹婿は親や見世を捨てて出て行った男など、義《あ》兄《に》とは思わない、胸を病《や》んだのも自業自得《じごうじとく》……、何ゆえ自分たちが面倒を見なければならないのか、とけんもほろろでよ……。それで、現在《いま》は冬木町の裏店《うらだな》でひっそりと息を詰めて暮らしているのだが、浅草にいる頃に作った借金の返済に困っているとかで、恥を忍んで融通してくれないかと頼みに来たのよ……」

三代治が忌々《いまいま》しそうな顔をする。

「それが、十月のことさ……。あたしたちは悩んださ。というのも、蘭丸さんが羽振りのよかった頃には、かすみ亭も随分と甘《うま》い汁を吸わせてもらってきた……。何しろ、当時は蘭丸さんの名声が轟《とどろ》いていたからね。あの女《ひと》がお座敷に上がるというと、客が呼べたんだよ……。そのため、どこの料理屋からもお呼びがかかってさ。引く手数多《あまた》だというのに、どういうわけか、蘭丸さんはうちを優先してくれてね。ほかの見世からかすみ亭だけ特別扱いとは、袖の下でも使ってるんだろうとやっかまれたが、うちじゃ、特別なことをした覚えがない。それだけ気に入ってくれてたってことなんだろうが、当時それだけ恩恵を受けたというのに、現在《いま》になって、掌《てのひら》を返したみたいに無下《むげ》に扱うのは気が引けてさ……」

竜代が深々と息を吐く。

「一分《いちぶ》の恩にも舌を抜かれよと言われるしよ。かすみ亭が蘭丸から受けた恩は一分なんてもんじゃねえ……。それで、とにかく借金を返して肩の荷を下ろさせてやろうと思い、請《こ》われるままに五両渡したのよ」

三代治はそう言い、つまり、俺ャ、することをして、てめえが楽になりたかったのかもしれねえんだがよ、と竜代を流し見る。

「ああ、まったくだ！　あの女《ひと》に五両渡して、あたしたちはすっと胸の支《つか》えが下りていくような気がしたからさ……。それで終わっていれば、後味の悪い思いをすることはなかったんだがね……。さしてときを経《へ》ずして、三両、二両と……。いえ、その前にあたしが独断で二朱、一朱と渡してるんだけど、こうなると、否《いや》が応《おう》でも蘭丸さんが何を考えているのか疑いたくなっちまうだろう？」

「竜代が言うとおりで、俺たちゃ打ち出の小槌《こづち》を持ってるわけじゃねえんだからよ……。それで、此度《こたび》だけは心を鬼にして断ろうと思ってたんだが、喜久治、おめえさん、実によいところに来てくれたぜ！　お陰で、嫌な思いをしなくて済んだからよ」

「そうなんだよ。なんであれ、突っぱねることほど辛いものはないからさ。喜久治さん、本当に有難《ありがと》うよ！」

三代治と竜代に頭を下げられ、お葉は挙措《きよそ》を失った。

まさか、自分が礼を言われようとは……。

「待っておくれよ！　あたしはそんなつもりじゃ……」

「そうだよ。喜久治さんには関係のないことだよ。けど、あたしたちにとっては、救いの神が飛び込んできたようなものでさ」

「けど、蘭丸さんが金に困っているとしたら、また来るかもしれないじゃないか……」

お葉がそう言うと、竜代は、いやっ、と首を振った。

「もう来ないと思うよ……。ここで喜久治さんに逢っちまったからね。あの女《ひと》ね、気位が高くってさア……。あたしたちに頭を下げたときには、逡巡《しゅんじゅん》の末、背に腹は代えられないと清水《きよみず》の舞台から飛び下りるつもりだったのだろうが、ひとたび頭を下げてしまえば、二度も三度も同じことだからね……。ところが、今日ここで喜久治さんに逢ってしまった。あの女《ひと》の芸道において唯一《ゆいいつ》意識したのが、喜久治さん、おまえさんだよ? あの女《ひと》の中で、一旦失いかけていた矜持《きょうじ》が、再び頭を擡《もた》げてきても仕方がない……。当然、あたしたちの口から金を無心したことがおまえさんに伝わると思うだろうし、それは、あの女《ひと》にとって、死ぬより辛いこと……。これまでは、おまえさんがここに出入りすると思っていなかったものだから金の無心に来られたが、今日ここで逢ったが最後、もう二度とここには脚を踏み入れることはないだろう……」

「………」

お葉には返す言葉がなかった。

蘭丸の気持が手に取るように解るのである。

お葉が蘭丸の立場にあっても、そう思うかもしれない。

とはいえ、このまま放っておいてよいのであろうか……。

「蘭丸さんは冬木町のなんていう裏店に住んでるって?」

お葉がそう言うと、三代治も竜代も大仰に手を振った。

「喜久治、まさか、訪ねて行こうってんじゃないだろうな?」

「駄目駄目、そんなことをしちゃ! 訪ねたところで、蘭丸さんを救うことは出来ャしないんだからさ! 救うどころか、むしろ、追い詰めることになりかねない……。いいから、そっとしておくんだよ」

「…………」

そうなのかもしれない。

良かれと思ってしたことが、逆に相手を追い詰め、下手《へた》をすれば侮蔑《ぶべつ》したと思われても仕方がないのである。

そのことは、喜久丸《きくまる》のときに痛いほど味わったはずである。

ほぼ同時に喜之屋に入った喜久治と喜久丸は、半玉の頃から切磋琢磨《せっさたくま》してきたが、喜久丸は芸の道でも容姿でも一歩抜きん出た喜久治を常に敵対視《てきたいし》し、喜久治が日々堂甚三郎と鰯煮《いわしに》た鍋《なべ》（離れがたい関係）になるや、喜久丸も競《きそ》うように木場《きば》の材木商の口車に乗ったのだが、それが墓穴《ぼけつ》を掘ることになり、あとは坂道を転がり落ちるがごとく、流れ流れて佃の切見世《きりみせ》女郎に……。

喜久丸はそこで瘡毒《そうどく》に冒《おか》され鳥屋《とや》にかかり、最後は狂い死にしてしまったのである。

お葉は現在《いま》でも喜久丸のことを思うと、胸が切《せつ》なくなってしまう。

喜久丸が鳥屋にかかったと聞き、お葉は佃の信濃屋《しなのや》まで出向き、御亭に十両渡し、もっと腕のよい医者に診《み》せるか、どこか療養に適した借家に移せ、と直談判《じかだんぱん》をしようとした。

が、それを止めたのが友七親分であった。

お葉の気持は解るが、そこまで立ち入るべきではないと叱ったのである。

そして、お葉を更に愕然《がくぜん》とさせたのは、面会して優しい言葉の一つでもかけようと思ったお葉に向かって、喜久丸が獣のように猛《たけ》り狂ったこと……。

現在《いま》も、お葉の脳裡《のうり》に、あのときの喜久丸の目が焼きついて離れようとしない。

憎悪《ぞうお》に充ち満ちた、怒りの目……。

喜久丸はお葉が自分を侮蔑しに来たと思い、結句、最後まで心を開いてくれようとしなかったのである。

もしかすると、蘭丸もそうなのかもしれない。

お葉は重苦しい想いを胸に抱《いだ》いたまま、家路についた。


日々堂に戻ると、お葉は帳場の正蔵に声をかけた。

「冬木町の担当は誰かえ?」

「与一でやすが……」

「現在《いま》いるかえ？」

「いや、現在《いま》は町小使《まちこづかい》（飛脚《ひきゃく》）に出てやすが、あと半刻《はんとき》（約一時間）もすれば夕餉《ゆうげ》なんで、おっつけ戻って来るでしょう。与一に何か？」

「いや、ちょいと頼みたいことがあってね……。じゃ、戻って来たら茶の間に顔を出すように伝えておくれ！」

「へっ……。あっ、そうそう！　四半刻《しはんとき》（約三十分）ほど前に、友七親分が顔を出しなすって、女将がどこに行ったのかと訊《き》くもんだから、たぶん伊佐治さんのことで見番に行かれたんじゃねえか、と口を滑《すべ》らしちまったんだが、言わねえほうがよかったでしょうか？」

正蔵が心許《こころもと》ない顔をする。

「いえ、構わないさ。それで、親分は？」

「また来ると言って帰《けえ》って行かれやしたが……」

お葉は片頬《かたほお》を弛めた。

恐らく、友七も伊佐治の身の振り方に頭を痛めているのであろう。

「そうかえ。親分が見えたら茶の間に通しておくれ」

そう言い置いて、お葉が茶の間に入って行く。

するると、部屋の隅《すみ》で海老《えび》のように身体を捩《よじ》り、乾反寝《ひぞりね》（不貞寝《ふてね》）をする清太郎の姿が目に飛び込んできた。

見ると、今朝手習指南所に着ていった常着《つねぎ》ではなく、浴衣《ゆかた》を纏《まと》っているではないか……。

「清太郎、どうしたのさ！」

お葉が声をかけると、長火鉢《ながひばち》の傍で繕《つくろ》い物をしていたおはまが、くすりと肩を揺らした。

「いえね、喧嘩をしたらしいんですよ。まあ、片袖《かたそで》が千切《ちぎ》れただけで怪我《けが》はなかったんですけどね……。誰にやられたのか、なんで喧嘩になったのかと訊いても、不貞《ふて》たように口を噤《つぐ》んじまって……」

お葉が清太郎の傍に寄って行く。

「なんだろうね……。喧嘩をしたくらいで、不貞ることはないだろうに……。さっ、身体を起こして、おっかさんに何があったのか話してごらん」

お葉がそう言うと、清太郎は渋々と起き上がった。

「誰と喧嘩をしたんだえ？」

「喧嘩じゃねえもん！」

「喧嘩じゃないって？　じゃ、どうして袖を引き千切られたのかえ？」

「……………」

「妙じゃないか……。喧嘩じゃないのに袖が千切れるなんて……」

「妙じゃねえもん！　おいら、逃げようとしたんだ。そうしたら、腕を摑んだもんだから、必死で振り払おうとしたら、千切れたんだもん……」

「腕を摑んだって、いったい、誰がそんなことを……。清太郎、子供同士の喧嘩じゃないんだね？　大人がおまえをどこかに連れて行こうとしたっていうのかえ！」

「そうじゃねえ！　連れて行こうとしたんじゃねえ……。角造《かくぞう》が……」

角造という言葉に、お葉はあっと息を呑んだ。

おはまが不安の色も露《あら》わに、さっとお葉を見る。

「角造って、先《せん》にうちにいた、あの角造なんだね？」

お葉が訊ねると、清太郎は唇を尖《とが》らせ頷いた。

「角造がなんだって？」

「おいらが手習塾から帰ろうとすると、あいつ、丸太《まるた》橋の袂《たもと》で待ち伏せしていて、おちょうの奴、友造と夫婦《めおと》になるんだってなって言ったんだ……。おいら、先《せん》に角造がおちょう姉ちゃんに酷いことをしたと聞いてたから、あいつには何も教えてやりたくなくって……。それで、何も知らないって答えたんだ。そしたら、友造の奴もとんだ貧乏くじを引いたもんだ、宰領《さいりよう》（大番頭格）に疵物《きずもの》の娘を押しつけられてよって言ったんだ……。おいら、疵物ってなんのことだか解らなかったけど、よくないことなんだろうと思って……。それで逃げようとしたんだけど、角造がおいらの腕をギュッと握って、なんなら世間に言い触らして歩いたっていいんだぜ、そうしてもらいたくなければ、おちょうをここに呼び出してこいって……。おいら、夢中で角造の手を振り切って逃げてきたんだ……。ねっ、おっかさん、それでよかったんだよね？」

お葉の頭にカッと血が上った。

角造のひょうたくれが、なんてことを！

お葉は清太郎をぐいと引き寄せ、抱き締《し》めた。

「ああ、よく逃げてきたね。それで良かったんだよ」

「ねっ、疵物ってなんのこと？」

お葉は慌てた。

おはまが清太郎の常着を手に寄って来る。

「さあ、清坊、袖が直ったから着替えようね。まだ夕餉も済ませていないのに、現在《いま》から浴衣じゃおかしいだろ？」

清太郎が素直に浴衣を脱ぎ、常着に着替える。

「おばちゃんが青物の担《にな》い売りに、時々、疵物野菜なんだから安くしなって言ってるだろ？　きっとそのことだと思うんだけど、それがなんでおちょう姉ちゃんと関係あるんだろう……」

「関係なんてないさ！　角造って男は心根《こころね》の腐《くさ》ったへちむくりなんだよ。おまけに鉄を放す（嘘を吐く）ことにかけてはあいつの右に出る者はいないくらいで、百一《ひゃくひとつ》、本当のことがないんだからさ！　あんな猪牙助《ちょきすけ》の言うことなんて柳に風と受け流しちまえばいいんだよ」

お葉がそう言うと、おはまが、さっ、機嫌《きげん》を直して、手を洗っておいで！　今宵は鰹《かつお》を奮発《ふんぱつ》したからさ、と清太郎の尻を叩く。

「おや、鰹とは豪気《ごうき》じゃないかえ」

お葉はわざと明るい声を出した。

「五月に入り、鰹も安くなりましたからね」

「覚悟しておいたほうがいいよ。きっと、戸田さまや宰領が一本燗《つ》けろと煩《うるさ》いだろうからさ」

「ええ、今宵は大盤振舞《おおばんぶるまい》を覚悟していますよ。清坊も鰹が大好物だもんね！　さあ、早く井戸端《いどばた》に行っておいで……」

おはまに促され、清太郎が厨《くりや》のほうに駆けて行く。

お葉とおはまは改まったように顔を見合わせた。

「角造の奴、何を思ってそんなことを……」

「嫌がらせに決まってますよ！　以前、本当のおとっつァんのことを教えてやると言って、おちょうを裾継《すそつぎ》の裏茶屋に連れ込み、悪さをしようとしたところ逃げられちまったもんだから、それを恨みに思ってるに違いないんだ！　ふン、疵物が聞いて呆れるよ。あのとき、おちょうは危険を察し、間一髪《かんいっぱつ》ってときに逃げ出したんだからね。あいつには指一本触れさせちゃいない！　おちょうは正真正銘の手入《てい》らず（生娘）なんだ！」

おはまが怒りに身体をぶるぶると顫わせる。

「ああ、負け犬の遠吠えでさ！　あいつ、友造に肝精を焼いてるんだよ。まともに相手をする価値《ねうち》もない！　放っておけばいいんだよ。それに、あいつが何を吹聴しようと、誰も信じちゃくれないだろうさ……。万《まん》が稀《まれ》、あいつの話を信じる者がいたとしても、友造は微動だにしないさ。角造のいい加減さを一番よく知っているのが友造だからさ」

「ええ、それはそうなんですけど、清坊の前であんなことを言うなんて！　あたしゃ、それがいっち許せないんですよ……」

おはまが激怒するのも無理はない。

角造は大人にそんな万八《まんぱち》（嘘）を言っても信じてもらえないと思い、子供の清太郎の前で嫌がらせをしてみせたのである。

その意味から言えば、角造の思惑《おもわく》は当たったといってもよいだろう。

可哀相《かわいそう》に、十歳の清太郎は疵物の意味が解らないまま、それが悪いことなのだと小さな胸を痛めたのであるから……。

が、そこは子供のこと、いつまでもくしくしとしていないだろうから、それがせめてもの慰《なぐさ》めであった。

「女将さん、与一でやす」

見世側の障子の外から声がかかった。

「ああ、お入り」

おはまが、じゃ、夕餉の仕度《したく》に戻りますね、と目まじして去って行く。

与一は怖々《こわごわ》と腰を屈《かが》めて入って来た。

「あっしが何かやりくじりでも……」

お葉が苦笑する。

「莫迦《ばか》だね。あたしに呼ばれたら説教と思うなんて……。さあ、お坐《すわ》り。いえね、宰領からおまえが冬木町の担当だと聞いたものだからね。実は、人を捜《さが》してほしいんだよ」

「人？　人を捜すって、友さんの妹や伏見屋とは別にという意味でやすか？」

「ああ、そうだった……。それも、捜さなきゃいけなかったんだね。ああ、もちろん、そっちも捜してもらわなくちゃならないんだけど、冬木町は違うんだよ。実は、これはあたし個人の頼みなんだが、去年の八月頃に冬木町の裏店に越してきた夫婦者《めおともの》を捜してほしいんだよ。女ごのほうは現在《いま》なんて名乗っているか判らないんだが、元は辰巳芸者でね……。蘭丸という三味線の上手い女《ひと》でね。といっても、現在《いま》はもう三味線に触れていないかもしれない。歳の頃は四十路半ばだが、暮らし向きがあまりよくないようで、ぱっと見には五十路を過ぎているように見えるかもしれない……。で、男のほうなんだが、こちらは名前も歳も判らないんだが、労咳で長患《ながわずら》いをしているというから、案外、二人を見つけ出すのは容易《たやす》いかもしれない。どこに住んでいるのかさえ判ればいいんだよ」

お葉が与一を睨めつける。

「へっ、解りやした。じゃ、自身番に問い合わせてみやしょう。あっ、そっか……。名前を替《か》えてるかもしれないんだ」

　お葉は慌てた。

「てんごう言ってんじゃないよ！　自身番に問い合わせられるのなら苦労はないさ。公《おおやけ》にせず、こっちが探《さぐ》っていることを相手に悟られないように、そっと探ってもらわなくちゃならないんだからね」

　与一が目をまじくじさせる。

「へえ……。じゃ、このことは他の者には内緒ってことで？」

「ああ、出来たらそうしてもらいたいんだよ」

「解りやした。やってみやしょう」

　与一が喉に小骨が刺さったような顔をして、見世に戻って行く。

　与一に無理難題を押しつけてしまったのであろうか……。

　お葉にしてみても、蘭丸を捜し出したとして、どうすればよいのか皆目判らないのである。

　かすみ亭の御亭が言うように、見て見ぬ振りをするほうがよいのであろうか……。

　お葉は仏壇へと目を向けた。

甚さん、あっちはどうしたらいいんだろう……。

が、甚三郎は何も応《こた》えてくれない。

お葉は深々と息を吐いた。


食後、お葉が千草の花に出掛けようとしたところに、友七が顔を出した。

「親分、昼間来てくれたんだってね？　夕餉は？　えっ、まだなのかえ……。あたしはもう済ませちまったんだが、じゃ、親分は千草の花で食べるといいよ」

えっと、友七が目を瞬く。

「これから千草の花に行くってか？　おっ、そうけえ。じゃ、昼間、おめえが見番に行ったと宰領から聞いたが、甘《うめ》ェこと話が纏まったってことかよ」

「ああ、思いの外《ほか》、甘くいってね。さっ、話は千草の花に行ってからだ！」

友七がまだ食事途中の龍之介の膳をちらと窺う。

「おめえんとこの夕餉は鰹の刺身だったのかよ……」

「何言ってんだよ！　鰹が食べたきゃ、千草の花に行って食べればいいじゃないか。

あそこには売るほどあるんだからさ」

「そりゃそうだ……」

未練たらしく、友七が再び膳の鰹を流し見る。

「じゃ、行って来るから、あとを頼んだよ」

お葉が友七の背中を押すようにして、茶の間を後にする。

刻《とき》は六ツ半（午後七時頃）……。

千草の花はまだ書き入れ時だろう。

案《あん》の定《じょう》、見世は立て込んでいた。

文哉はお葉の顔を見ると、甘くいったか、と目で訊ねた。

お葉がポンと胸を叩く。

文哉は眉を開き、嬉しそうに頰を弛めた。

「母屋《おもや》でみすずが伊佐治さんに付き添《そ》っているからさ。あたしもすぐに行くから、先に行って待っていておくれ！　それはそうと、二人とも夕餉は済ませたのかえ？」

「あたしは済ませたんだけど、親分がまだなんだよ。文哉さん、悪いけど、親分に何か見繕《みつくろ》ってやっておくれでないか……。そうそう、鰹はあるかえ？」

「鰹？　ああ、売るほどあるさ」

「じゃ、鰹の刺身をつけるのを忘れないでおくれ。ふふっ、親分たら、日々堂の夕餉が鰹だったもんだから、物欲しそうな顔をしちゃってさ！　うちで食べてもらってもよかったんだが、ここに来るのが判っているんだもの、こっちで食べたほうがいいと思ってさ……。あっ、言っとくが、鳥目《ちょうもく》（代金）はちゃんと払うからね」

「莫迦も休み休み言いな！　ここはあたしの見世だよ。みすずのおとっつァんのことで二人に手を煩《わずら》わせているというのに、お代が取れるわけがない！　さっ、いいから、母屋に行った、行った……」

文哉に促され、二人は母屋へと廻った。

みすずは伊佐治に夕餉を食べさせていた。

なんと、みすずが伊佐治の口に食べ物を運んでいたこの前と違い、伊佐治が茶碗《ちゃわん》と箸《はし》を手に一人で食べているではないか……。

みすずがお葉たちの姿を認めると、伊佐治に声をかける。

「おとっつァん、友七親分と日々堂の女将さんが見えたよ。ご飯《はん》を食べるのは後にしようね」

「おう、いいから、そのまま食わせてやんな。実は、俺も夕餉がまだでよ。ここに運んでもらうことにしてるんだ」

「そうだよ。あたしたちに構うことはないから、そのまま食べておくれ」

お葉がみすずに微笑《ほほえ》みかける。

「済みません。じゃ……」

みすずはお菜《さい》の煮染《にしめ》を伊佐治のご飯の上に載《の》せた。

「おとっつァん、煮染の椎茸《しいたけ》だよ」

それは、見ていて実に微笑ましい光景だった。

文哉が膳を手に、初顔の小女を連れて茶の間に入って来る。

「待たせたね。おみな、それを親分に……。お葉さんは夕餉を済ませたと聞いたんで、お銚子《ちょうし》を……。小茄子《こなす》の蓼漬《たでづけ》が存外《ぞんがい》に上手く漬《つ》かったんで、肴《さかな》にどうかと思ってさ」

文哉がお葉の前に膳を置く。

お葉は目を瞠《みは》った。

小茄子の実に青々としたこと……。

通常、塩漬《しおづけ》した茄子は二、三日で茶色っぽく変色してしまい、かといって、漬けが浅いと中まで漬かっていない。

「まっ、なんて青々としているんだろう！　これは蓼を入れて漬けたからなのかえ？」

　文哉はふわりとした笑《え》みを返した。

「いえね、板頭《いたがしら》に訊いたら、蓼を入れるのはピリッとした辛みを加えるためで、茄子を色落ちさせない方法はまた別にあるそうでね。まっ、とにかく食べてごらんよ！　パリッとした歯触りに蓼の風味が加わり、酒の宛《あて》には最高だからさ。あっ、そうそう、この娘《こ》が今度新しく入った小女のおみな……。これまでのようにみすずが見世を手伝うわけにいかないんで、急遽《きゆうきよ》、雇《やと》い入れたんだよ。日々堂を通さなかったのは、板脇《いたわき》の淳吉《じゆんきち》の妹だからでさ。そんなわけなんで、勘弁《かんべん》しておくれ」

　文哉がおみなに挨拶をするように促す。

「おみなです。よろしくお願い致します」

　おみながぺこりと頭を下げる。

　歳の頃はみすずとおっつかっつで、十七、八というところであろうか……。

　言われてみれば、目許《めもと》のあたりが板脇の淳吉によく似ている。

「さっ、もう下がっていいよ。あたしは親分たちと話があるんでここに残るが、何か用があれば呼んでおくれ」

「はい」

おみなが下がって行く。

「いい娘《こ》じゃないか……。そうだよね。みすずが見世に出られないんじゃ、手が足りなくなっちまうもんね」

お葉がそう言うとみすずが気を兼ねたように、済みません、と頭を下げる。

「何言ってんだよ！　みすずが気を兼ねることはないんだ。おまえは千草の花の義娘《むすめ》なんだから、でんと構えていればいいのさ」

文哉がそう言うと、お葉も続ける。

「そうだよ、みすず。文哉さんは小女としておまえを引き取ったのではなく、いずれ、千草の花を託《たく》すつもりでいるんだから、現在《いま》はおとっつァんのことだけを考えればいいんだよ。そのうち、伊佐治さんもここに慣れるだろうし、そうなりゃ、二六時中ついていなくても、一人でなんでもできるようになるだろうからさ」

「そうなんだよ。あたしも驚いたんだが、伊佐治さんの物覚えの早いこと！　ここに来たばかりの頃は、厠《かわや》に行くにもみすずの手を借りなきゃならなかったが、瞬く間に母屋の間取りを覚えちまって、現在《いま》じゃ、手探《てさぐ》りでほとんどのことを一人で熟《こな》しちまうんだもんね……」

文哉が感心したように言う。

「そうかえ。じゃ、安心だ！　実はね、今日、見番で伊佐治さんが篠笛を披露することを了解してもらってきたんだが、見番が気にしていたのが、一人でお座敷まで来られるのだろうかってことでね……」

お葉がそう言うと、みすずが嬉しそうに目を輝かせ、おとっつァん、良かったね！と伊佐治の顔を覗き込む。

伊佐治は光を失った目を、二度三度瞬いた。

感無量なのだろう。

黙々と夕餉を食べていた友七も箸を止め、感極《かんきわ》まったように伊佐治を見る。

「おっ、伊佐治、良かったな！」

伊佐治は声のするほうに顔を向け、深々と頭を下げた。

「有難うごぜェやした……。あっしのような素人に道を開いて下さろうとは……。女将さんに恥をかかせねえよう努《つと》めさせていただきやす」

「伊佐治さんなら大丈夫だよ！　あたしが請け合うからさ。ただ、うちからお座敷に行くまでをどうするか考えなきゃね……」

文哉が困じ果てたようにお葉を窺う。

すると、みすずが文哉とお葉に目を据え、きっぱりと言い切った。

「あたしが付き添います。おとっつァんをお呼びのかかった料理屋まで連れて行き、お座敷の中まで導くと、演奏が終わるまで廊下で待っています」

「みすずが付き添うって……」

「一度や二度っていうのじゃなく、これからずっと、おとっつァんの目となるってことなのかえ?」

文哉もお葉も慌てた。

「みすず、そりゃいけねえ!　そんなことをしたんじゃ、俺がおめえの人生を奪っちまうことになる……」

伊佐治が首を振る。

「違う!　おとっつァんはあたしに犠牲にならせちゃならないと思ってるんだろうけど、犠牲っていうのは、あたしに何かしたいことがあるのにおとっつァんのために諦《あきら》めるってことだけど、あたし、他にしたいことなんてない!　もちろん、先々はおっかさんのあとを継いで千草の花を護《まも》っていくつもりだよ。けど、現在《いま》はおとっつァんの手脚《てあし》となりたいんだ……。あたし、おとっつァんの篠笛を聴いて、胸が顫えた……。こんなに他人《ひと》を感動させる音色が奏でられるなんてと涙が出たの。そして、誇りに思った……。島での暮らしは辛かっただろうし、目が見えなくなってからは生きることにも絶望しただろうに、それでも、おとっつァんは生きてあたしの許に戻って来てくれた……。それが、あたしにとってどんなに救いになったか……。おとっつァんがおっかさんのように自ら死を選んだとしたら、あたしは二度と立ち直れないほどに打ちのめされたと思うの。おとっつァん、正直に言います。あたし、おとっつァんの目が見えないと知らなかったものだから、戻って来ると聞き、戸惑《とまど》ったの……。もう二度と逢えないと思っていたから千草の花の養女になったのに、今さらなぜって気持が大きくて、もしかすると、迷惑に思っていたかもしれない……。けど、永代橋でおとっつァんの姿を見たとき、あたし、強かに頰を打たれたように思って……。あぁ、よくぞ生きていてくれた、どんな姿であろうと構わない、生きてあたしの許に戻って来てくれたんだって……。不思議なんだけど、あたし、おとっつァんに元気を貰えたように思ってさ……」

みすずはそう言うと、伊佐治の傍まで躙《にじ》り寄り、手を握った。

「あたしね、おとっつァん……。おとっつァんの笛の音色を聴いて確信したの。この前聴かせてくれた曲はおとっつァんが作った曲なんだね? 胸が揺さぶられるような、哀しい曲だったのでなんの曲なのかおっかさんに訊ねたの。そしたら、たぶん、島で作った曲なんだろう、伊佐治さんのそのときの想いが籠《こ》もっているんだよって、おっかさんはそう言っていた……。あんな素晴らしい曲が作れるんだもの、おとっつァんにはまだすることが残っていたんだよ！　だから、あたしがおとっつァんに手を貸さないでどうするのさ。後生一生《ごしょういっしょう》のお願いです。おとっつァん、あたしに助《す》けさせて下さい……」

お葉の胸に熱いものが込み上げてきた。

みすずは今初めて自分の使命を悟ったのである。

「みすず、おまえの気持は解ったよ。ねっ、どうだろう？　文哉さん、親分、みすずの思うようにさせてやろうじゃないか……。伊佐治さんだって、最初《はじめ》のうちは、みすずに付き添われてお座敷に出るとしても、この界隈《かいわい》に慣れれば、一人で行動できるようになるだろうしさ。だって、この家のことも瞬く間に覚えちまったんだからさ！」

お葉がそう言うと、友七も頷く。

「按摩だって、一人で町中を流して歩いてるんだからよ。お葉が言うように、伊佐治が一人で動けるようになるまで、みすずが付き添う……。なっ、そういうことにしようじゃねえか！」

「ああ、みすずがそれでよいというのなら、あたしにも異存はないよ」

文哉も同意し、それで話は決まったのだった。

そして翌朝のことである。

お葉は仏壇にご飯と茶を供え、蠟燭《ろうそく》に灯《ひ》を点《つ》けようとして、天蓋《てんがい》から糸状の白い花のようなものがぶら下がっているのを目に留めた。

お葉が訝しそうに顔を近づけ眺《なが》めていると、長火鉢に炭を足しに来たおはまが、女将さん、何をしてるんですよ、と声をかけてくる。

「いえね、なんだか妙なものがあるんだよ」

「妙なもの？　あら嫌だ！　優曇華《うどんげ》じゃないですか……」

「優曇華？　いったい、なんだえ、それは……」

「草蜉蝣《くさかげろう》の卵のことですよ。嫌だよ、仏壇に産《う》みつけるなんて……。いえね、優曇華とは三千年に一度開花すると言われる仏教上の架空の植物のことなんですけど、実は、これは草蜉蝣の卵でしてね。ほら、花のように見えるでしょう？　それで銀の花ともいうんですけど、吉兆《きっちょう》、凶事《きょうじ》の前兆《ぜんちょう》ともいわれましてね。鶴亀《つるかめ》鶴亀……。見つけたのが仏壇だなんて、どう解釈すればいいんだか……」

おはまが顔を顰《しか》め、台布巾《だいぶきん》でさっと優曇華を払い取る。

「おはま、おまえ！」

お葉が驚いて甲張《かんば》った声を上げる。

「せっかく卵を産みつけたのに、取っ払うことはないじゃないか……」

おはまは苦虫を噛み潰したような顔をした。

「何言ってんですよ！　仏壇に産みつけられて堪るもんですか。まったく、縁起が悪いったらありゃしない……」

「縁起が悪いといっても……。おまえ、吉兆、凶事と言ったばかりじゃないか。もしかすると吉兆かもしれないのに、そんなことをして……」

「凶事の前兆かもしれないじゃないですか」

「なんだえ、おはまは……。そうして、いつも物事を悪いほうへ悪いほうへと解釈するんだからさ！」

「ええ、どうとでも言って下さいよ。ただ、あたしは吉凶《きつきよう》どちらであっても、仏壇に優曇華をぶら下げることだけは我慢なりませんからね！」

おはまはそう言うと、憮然《ぶぜん》としたように長火鉢に炭を継ぎ足し、厨に戻って行った。

お葉はしばらく茫然《ぼうぜん》としていたが、気を取り直すと、線香に火を点けた。

こうして、毎朝、甚三郎に今日一日が平穏であるようにと祈る。

商《あきな》いに支障がないように、清太郎や店衆全員が無事に一日を過ごせるようにと祈り、そして最後に、今日も一日頑張るからね、と誓うのだった。

だが、今日はそれにあと二つ願いをつけ加えた。

一つは、二日後に迫った伊佐治のお披露目が成功するようにと、そしてもう一つが、蘭丸がなんとか現在《いま》の窮地《きゅうち》を凌《しの》いでくれるようにと……。

祈りながら、なんとも欲どうしいことよと思ったが、そうしなくてはいられなかった。

が、ふと、そそ髪が立つような想いがして、お葉は思わず身震いした。

吉兆、凶事の前兆ともいわれましてね。鶴亀鶴亀……。見つけたのが仏壇だなんて、どう解釈すればいいんだか……。

さも不吉なものでも見たかのような、おはまの面差しを思い出したのである。

まさか……。

お葉は慌ててつと過《よ》ぎった不安を振り払った。

何言ってんだよ、吉兆なのかもしれないじゃないか！

ところが、四ツ半（午前十一時頃）のことである。

午前の集配を終えて戻って来た与一が、まるで悪さでもした後のような顔をして、そろりと茶の間を覗いた。

口入屋《くちいれや》の台帳に目を通していたお葉が目を上げ、用があるのなら、入って来ちゃどうだえ、と声をかける。

「へい……」

与一は恐る恐る入って来た。

「どうしたえ？　もう判ったのかえ？」

「へい……。六兵衛店《ろくべえだな》に住んでやした……」

「六兵衛店だって？　間違いないんだろうね」

「へい。近所の者に、去年の八月頃に越してきた夫婦者で、旦那が労咳に罹り、かみさんのほうが元三味線の達人と言われた其者上《それしゃ》がりを知らねえか、と訊ねると、だったら、お蘭さんのことだろうと……。蘭丸とお蘭で、名前はちょいとばかし違うが、まず間違《まちげ》ェねえようで……」

「それで、おまえは逢ったのかえ？」

与一は、滅相《めっそう》もねえ！　と手を振った。

「逢っちゃならねえ、こちらが探っていることを悟られてもならねえと釘を刺されているのに、あっしがそんなことをするわけがねえ！」

ああ、そうだった……、とお葉が苦笑いする。

「だが、部屋は確かめたんだろうね」

「確かめやした……。けど、いってえどうなさるつもりで？」

「それは追々考えるさ」

「追々考えるといっても……」

与一が何か言いたげに、すじりもじりする。

「どうしたのさ。何か言いたいことがあるのなら、はっきりお言いよ！」

「へい……。それが……」

「だから、なんだえ！」

「蘭丸という女ごの住まいは見つけやしたが、実は、もうそこにはいねえんで……」

「いないって？　それはどういうことなのさ」

「夕《ゆん》べ、女ごも亭主も死んじまって……」

「なんだって！」

「あっしが行ったときには、遺体が番屋に引き取られていった後で……。なんでも、長患いだった亭主の喉を女ごが絞《し》めて、女ごのほうは匕首で喉をぶすりと……」

「…………」

見る見るうちに、お葉の顔から色が失せていく。

「女将さん、大丈夫《でえじょうぶ》でやすか！　ああ、どうしよう……。俺ヤ、言いたくなかったが、言わねえわけにはいかねえと思って……。女将さん、しっかりして下せえよ！」

与一が鳴り立てる声を聞きつけ、厨からおはまが、見世のほうから正蔵が駆け込んで来る。

「与一、この野郎！　女将さんに何をした」

正蔵が与一に摑みかかろうとする。

「違うんだよ。与一を叱らないでやっておくれ……。違うんだからさ」

お葉が胸を押さえて呟く。

「女将さん、しっかりして下さいよ！」

おはまがお葉の身体を支える。

「いってえ、何があったというんでやす？」

正蔵がお葉に訊ねる。

「…………」

お葉には答えられなかった。

「与一、おめえが説明しな。いってえ、何があったんだよ」

正蔵が与一を睨めつける。

「へい……。実は、昨日、女将さんから冬木町の裏店に蘭丸という女ごがいるかどうか調べて来いと言われやして……」

与一はしどろもどろにお葉から頼まれて冬木町を当たったところ、蘭丸の住まいを見つけ出したのはいいが、すでに二人とも亡くなっていたことを話した。

「なんと……」

「夕《ゆん》べ亡くなったって、じゃ、ひと足遅かったってこと……。けど、女将さんとその蘭丸って女ごはどんな関係が？」

「そうでェ、そいつを聞かねえことには、俺たちには何も見えてこねえ……。おっ、与一、おめえはもう下がっていいぞ。いいか、このことをぺらぺら喋《しゃべ》るんじゃねえぜ！　女将さんがおめえに頼んだってことは、おめえを見込み、信頼したってことなんだからよ」

正蔵が凄味《すごみ》の利《き》いた目で、与一に釘を刺す。

「へっ、解ってやす」

与一はすごすごと見世に戻って行った。

「さあ、何があったのか話して下せえ」

正蔵がお葉に目を据える。

「そうだよね。何もおまえたちに隠し事をすることはないんだもんね……。実はね、蘭丸というのは姐さん芸者でさ。三味線にかけてはそれは凄腕《すごうで》をしていてね。あの女《ひと》の右に出る者がいなくてさ……。喜之屋に入ったばかりの頃、蘭丸姐さんはあたしの憧れの女《ひと》だったのさ」

お葉は蘭丸がいかに深川で鳴らしたかを話して聞かせ、その後、ふっつりと姿を消したことや、昨日、偶然かすみ亭で出会《でくわ》したところ、御亭からあれこれと蘭丸の現状を聞くことになり、胸を痛めていたのだと言った。

「そりゃ、女将さんが他人事《ひとごと》と思えねえ気持はよく解る」

正蔵が仕こなし顔に言うと、おはまも頷く。

「女将さんが憧れていた女《ひと》なんだもんね。けど、憐《あわ》れだね……。名声を捨ててまで走った恋路《こいじ》が、そんな末路《まつろ》を辿《たど》るとは……。だが、返す返《がえ》すも残念じゃないか！　かすみ亭に無心を断られたからって、何もすぐのすぐに心中することはないじゃないか
……」

お葉は辛そうに肩息を吐いた。

「あたしが応えたのは、それなんだよ……。あの女《ひと》、昨日、あたしに出会さなかったら、かすみ亭に無心を断られたからって、死のうとまで思わなかったのじゃないかと思って……。そう思うと、辛くって……」

正蔵がとほんとする。

が、おはまにはお葉の言いたいことが解ったとみえ、頷いてみせた。

「あたしには解りますよ。蘭丸さんは恥じたのでしょうよ。きっと、当時、蘭丸さんにも女将さんが自分を脅《おびや》かす存在と解っていたんですよ。女将さんから慕われていることにも気づいていたんでしょうね。だからこそ、女将さんだけには自分の零落れた姿を見せたくなかった……」

「じゃ、おめえは蘭丸が女将さんに出逢ったから死のうと思ったというのか……」

「恐らくね……。いや、それだけが原因《もと》じゃないかもしれない。けど、いっそのやけ、死んじまったほうがと思っているところに女将さんに逢い、そのことが背中を押したとも考えられるからさ」

おはまの言葉に、やっと正蔵にも理解できたという顔をする。

「やっぱ、あたしがあの女《ひと》を殺しちまったんだろうか……」

お葉が縋《すが》るような目で、おはまを見る。

「それは違います！　あの女《ひと》には、もうそれしか手立てがなかったんですよ。昨日、女将さんに逢っていなくても、早晩《そうばん》そうなったと思いますよ。あれでも、三味線が持てる間は、倹《つま》しい生活《たつき》ながらも毅然としていられたんでしょうよ。けど、それすら失ってしまったら、せめて、惚れた男と共に果てていきたいと思っても不思議はありませんからね……。女将さん、蘭丸さんは蘭丸さんなりに幸せだったんですよ。ねっ、そう思ってあげましょうよ」

おはまがお葉の身体を揺する。

お葉は苦渋《くじゆう》に満ちた目で、おはまを瞠《みつ》めた。

「そうだね。そう思うより仕方がないね」

「そうですとも！　さあさ、中食《ちゆうじき》の仕度に戻らなくっちゃ」

おはまがお葉に目まじして厨に戻って行く。

が、正蔵はまだ心配そうにお葉を瞠めていた。

「大丈夫だよ！　ほら、正蔵も早く仕事に戻るんだよ。便り屋お葉、こんなことではへこたれないからさ！」

正蔵が渋々と腰を上げる。

お葉は正蔵が茶の間を出て行くのを見届けると、仏壇に手を合わせた。

「ごめんよ、蘭丸さん。あたしは何も助けてあげることが出来なかった……。それどころか、おまえさんに嫌な思いをさせちまったんだね。せめて、あの世では惚れた旦那と手に手を取り合って幸せに暮らしておくれ……」

胸の内で、そう呟く。

ふっと、朝方目にした優曇華を思い出した。

吉兆、凶事の前兆といわれるが、お葉は敢《あ》えて吉兆と思うことにした。

だって、これで蘭丸さんは今生《こんじょう》の苦難から解《と》き放たれたのだもの……。

蘭丸さん、来世《らいせ》は幸せに暮らすんだよ！

お葉の頬をつっと涙が伝う。

甚さん、あっちは清太郎を一人前の男にするまで、まだ彼岸《ひがん》には行けない……。

甚さん、それまで待っておくれ！

そう呟いた刹那《せつな》、わっと堰《せき》を切ったかのように、涙が止《と》め処《ど》なく頬を伝った。

眠れる花

一〇〇字書評

切り取り線

購買動機（新聞、雑誌名を記入するか、あるいは○をつけてください）	
□（　　　　　　　　　　）の広告を見て	
□（　　　　　　　　　　）の書評を見て	
□ 知人のすすめで	□ タイトルに惹かれて
□ カバーが良かったから	□ 内容が面白そうだから
□ 好きな作家だから	□ 好きな分野の本だから

・最近、最も感銘を受けた作品名をお書き下さい

・あなたのお好きな作家名をお書き下さい

・その他、ご要望がありましたらお書き下さい

住所	〒				
氏名		職業		年齢	
Eメール	※携帯には配信できません		新刊情報等のメール配信を 希望する・しない		

この本の感想を、編集部までお寄せいただけたらありがたく存じます。今後の企画の参考にさせていただきます。Eメールでも結構です。

いただいた「一〇〇字書評」は、新聞・雑誌等に紹介させていただくことがあります。その場合はお礼として特製図書カードを差し上げます。

前ページの原稿用紙に書評をお書きの上、切り取り、左記までお送り下さい。宛先の住所は不要です。

なお、ご記入いただいたお名前、ご住所等は、書評紹介の事前了解、謝礼のお届けのためだけに利用し、そのほかの目的のために利用することはありません。

〒一〇一 - 八七〇一
祥伝社文庫編集長 坂口芳和
電話 〇三（三二六五）二〇八〇

祥伝社ホームページの「ブックレビュー」からも、書き込めます。

http://www.shodensha.co.jp/bookreview/

祥伝社文庫

眠《ねむ》れる花《はな》 便《たよ》り屋《や》お葉日月《ようじつげつ》抄《しよう》

平成26年12月20日　初版第1刷発行

著　者　今井絵美子《いまいえみこ》
発行者　竹内和芳
発行所　祥伝社《しようでんしや》
東京都千代田区神田神保町3-3
〒101-8701
電話　03（3265）2081（販売部）
電話　03（3265）2080（編集部）
電話　03（3265）3622（業務部）
http://www.shodensha.co.jp/
印刷所　萩原印刷
製本所　関川製本
カバーフォーマットデザイン　中原達治

Printed in Japan ©2014, Emiko Imai ISBN978-4-396-34086-5 C0193